Un petit bruit sec

roman

Données de catalogage avant publication (Canada)

Beaudoin, Myriam
   Un petit bruit sec

   ISBN 2-89031-466-9

   I. Titre.

PS8553.E192P47 2003   C843'.6   C2003-940003-4
PS9553.E192P47 2003
PQ3919.2.B42P47 2003

Nous remercions le Conseil des Arts du Canada ainsi que la Société de développement des entreprises culturelles du Québec de l'aide apportée à notre programme de publication. Nous reconnaissons également l'aide financière du gouvernement du Canada par l'entremise du Programme d'aide au développement de l'industrie de l'édition (PADIÉ) pour nos activités d'édition. Gouvernement du Québec – Programme de crédit d'impôt pour l'édition de livres – Gestion SODEC

Mise en pages : Jessica Lemieux
Maquette de la couverture : Raymond Martin
Illustration de la couverture : Emmanuelle Beaudoin

DISTRIBUTION :

Canada
Dimedia
539, boul. Lebeau
Saint-Laurent (Québec)
H4N 1S2
Tél. : (514) 336-3941
Téléc. : (514) 331-3916
general@dimedia.qc.ca

Europe francophone
Librairie du Québec / D.E.Q.
30, rue Gay Lussac
75005 Paris
France
Tél. : (1) 43 54 49 02
Téléc. : (1) 43 54 39 15
liquebec@noos.fr

Dépôt légal : B.N.Q. et B.N.C., 1ᵉʳ trimestre 2003
Imprimé au Canada

Myriam Beaudoin

Un petit bruit sec

roman

Triptyque

À mon père,
qui me prête sa voix de papier

*J'écris pour me quitter, aussi pour inventer
une maison pour les vivants,
avec une chambre d'amis pour les morts.*

Christian Bobin, *Ressusciter*

1

... et puis plus rien

Le ciel est outrageusement fardé, et dès l'éveil les regards vont vers lui, au-delà de la fenêtre, aspirés par cette boule de feu rousse qui se lève sur le sinistre, en face de nous, nombreux, immensément seuls, dans une maison froide où il faut faire semblant de rien et de tout, se vêtir pour plaire à la foule qui nous attend, avaler à petites bouchées de vide et de ronces chaque sanglot qui goûte l'avoine, imiter la parole, agiter les lèvres sans montrer le blanc des dents, mais surtout ne pas dire qu'on déteste être là, qu'on aurait souhaité passer au surlendemain et déjà vite vite devoir monter dans la longue limousine noire et fumée.

L'inconnu ganté fait partie du spectacle, on doit avoir choisi le plus curieux de l'agence, quelqu'un qui voulait voir le mal – il y a peut-être eu un concours –, on ne sait jamais à quel prix se vend le malheur. Il referme la porte sur nous, sur le silence et le cuir brossé. Mes sœurs sont bien assises, malgré tout, et ma mère, curieusement magnifique, plus belle que toutes les femmes du monde, les yeux comme de l'azur posé sur ses joues, et pas un mot, pas un soupir. Je l'observe regarder le vide dans la campagne, le vert des arbres qu'elle ne voit pas, et telle une intruse je me faufile dans la relation qu'elle entretient avec l'amour, la maladie et la perte.

On aurait pu penser à une excursion vers le nord. Cela nous aurait fait du bien, on aurait pu aller jusqu'au froid des glaciers, on aurait pu ne jamais s'arrêter, mais la voiture du grand-père nous suit de près, et à chaque virage, on voit son visage qui nous réclame, nous tire, nous prévient que ce ne sera plus très long, qu'il immobilisera la limousine et qu'ensuite il faudra sortir, arrêter de respirer et saluer bien poliment tous ces gens à la porte du salon funéraire qui doivent nous attendre pour y entrer.

*

Partout, le *Requiem*. Partout, de petits gouffres agités, des voix qui chantent et des doigts qui jouent. Chaque nuit, la mère qui doit endurer la musique préférée du père. Ce soir, elle n'en peut plus d'être seule dans le grand lit vide, elle n'en peut plus d'entendre cette musique qui ne fait pas revenir le père, mais qui l'empêche, selon elle, de rejoindre le ciel. Elle vient près de moi, dit que ce n'est plus possible, qu'il faut tuer Mozart. Qu'il faut tuer Mozart parce qu'il étend le désastre et gratte la plaie. Ensuite elle s'éloigne, referme la porte, s'enfonce dans le grand lit de bois, et je l'entends qui frappe son mal pour le faire taire. Mozart continue.

La saison blanche, la plus longue. Près de moi, la présence du cadavre qui vient me tenter de le suivre. Parfois l'envie est là de me jeter dans la mort comme on se jette dans la mer en plein milieu de la nuit, sans savoir où l'on va, mais en fuyant la berge et le bruit. Chaque nuit la même histoire. D'abord l'indomptable *Requiem*, ensuite le passé assaillant qui ramène le père dans de petits intervalles coupants... Je me rappelle bien, c'était le dernier mercredi. Les nombreuses tantes arrivent, munies de petits paniers prêts à être remplis de quelques reliques du père: un livre, une pierre, des mots, des silences pleins d'échardes, enfin tout ce qui saura leur rappeler leur frère, un peu comme on s'empresse, à la chasse, de rapporter un trophée avant la fin de la saison. Elles arrivent trop nombreuses, assourdissantes, avec des enfants plein les bras à qui elles ordonnent d'approcher l'œil, et surtout de toucher du bout des doigts la maladie. Mes cousins apprennent de leurs mères que, dans la vie, il ne faut pas craindre le mal et surtout qu'il faut savoir pleurer très fort, et cela très jeune.

Les enfants examinent l'homme gris sans lui parler, avec une sorte de terreur sur le visage. L'héritage des mères. Puis les tantes pleurent, une à une, et ensuite toutes ensemble. Les mains se multiplient sur le corps brûlant du père et elles lui font subir mille petites tortures muettes et géantes. Les sœurs disent qu'il sera bien là-bas, qu'il aura le temps de veiller sur elles, qu'il pourra se reposer. Elles parlent beaucoup auprès du père, du père qui se fatigue et qui pourtant ne dit rien. Et puis, ce sont les parents et la grand-mère qui arrivent, tard. Très tard dans l'après-midi. Qui vont chasser les tantes de la chambre et s'approprier toute la pièce. Qui vont prier et piller de nombreuses heures, agenouillés trop près du lit.

Au rez-de-chaussée, les naines en noir tricotent lentement de petites conversations mauvaises. L'angoisse est là. Non parce que le père va moins bien qu'hier mais parce qu'il y a un deuil et pas encore de mort. Oui, il faut faire vite, dit l'une à l'autre qui le dit à une autre et ainsi de suite jusqu'à la mère. Il faut faire très très vite, et les sourcils se soulèvent et les yeux s'agrandissent et le prêtre est appelé au chevet du malade. Quelques instants plus tard, la famille a formé une longue clôture dans la chambre et, rassurée, elle contemple la main qui bénit le père usé par la maladie. Les derniers sacrements administrés, les fenêtres ouvertes, le passage béant, une voix dit que maintenant la mort peut venir sans crainte. Face au lit, la voix dit même que le torse dénudé permettra à la mort de le pénétrer sans le blesser. La lune apparaît ensuite dans l'obscurité de la fenêtre. Les gens décident enfin de partir. Oui, on se revoit la semaine prochaine, merci d'être venu, au revoir.

Le silence suit le grand désordre. Et alors le visage du père pleure comme s'il était battu. Et ça dure. Longtemps. Comme l'écho d'une fusillade.

... Il est tard et je n'arrive pas à dormir tant tu me manque et tant cet ennui-là fait mal. On dirait que ça fait des siècles que je ne t'ai pas entendu, ni touché ni vu. La séparation est douloureuse, et tu sais, j'ai même cessé de compter les jours et les nuits qui me séparaient de toi tant leur nombre m'effrayait. Depuis, je reste assise au milieu de ma vie, au milieu du désert de mes vingt-cinq ans. J'attends que tu décides de revenir parmi nous, et ça occupe tout mon temps.

Toi qui ne réponds pas à mes lettres et qui ne réapparais pas, te rappelles-tu au moins ce que tu as quitté, ceux que tu as aimés? Te souviens-tu des chevaux du Massissi, te souviens-tu des clairières remplies de lumière verte, nos longues promenades, et nos retours en soirée auprès de la mère? Ne voudrais-tu pas encore sentir entre tes jambes le galop des bêtes qui jamais ne s'épuise, entre tes dents la chair des fruits qui se déchire, ne veux-tu pas écrire, danser, courir encore? Il faut que tu reviennes. Pour moi, pour la mère, pour les sœurs. Rappelle-toi les fins d'après-midi où nous nous assoyions les uns près des autres à regarder par la fenêtre brunir le ciel, en ne disant presque rien. Rappelle-toi comme tu étais heureux auprès de nous toutes. Je refuse de croire que nos petites voix de femmes ne te manquent pas... Je refuse de croire que j'ai cessé d'être la préférée, ta préférée, et que tu ne reviendras pas me chercher.

Es-tu toujours là où nous t'avons laissé? Lorsque nous avons refermé le couvercle de la vie sur toi, nous t'avions promis de venir te visiter souvent et nombreux. Je sais, le temps a passé et tu ne nous as plus revus. Mais réponds-moi quand même, dis-moi combien de temps tu es resté immobile sous le gel. Combien d'heures, combien de nuits, combien de jours tu as supporté ton lit de bois, la dalle de pierre et les mètres de neige. La vermine a-t-elle atteint tes oreilles, tes yeux, ta bouche? La boue et les branches ont-elles fendu la boîte? As-tu au moins appris à respirer dans cette cave de vase et de glace? As-tu déchiré le satin? Frappé le bois? Nous as-tu regardées quitter le parc sombre? As-tu tenté de nous retenir? As-tu dit quelque chose? Quelqu'un est-il venu te chercher, ou nous attends-tu encore?

Pourquoi refuses-tu de répondre? Dis-moi combien de temps tu vas t'entêter à rester mort. Je ne supporte plus ce vide que tu installes autour de moi, et moins encore le mystère de ton exil. Tu dois me dire où tu te caches, et pourquoi tu ne reviens pas. Jusqu'à quel bout du monde t'es-tu rendu? Pourquoi sans nous, et pourquoi sans moi? Me faut-il partir à ta recherche? Et si je te trouvais, me garderais-tu près de toi? Parfois je me demande si tu n'es pas retourné au centre de l'Afrique. Si tu n'es pas là entre volcan et brousse, si tu n'as pas décidé de refaire ta vie auprès d'autres enfants et d'une autre femme. Sache que ton silence têtu résonne chaque jour dans ma tête comme une pluie torrentielle.

Le *Requiem* ne joue pas tel que convenu, ce sont d'autres chants, que je ne connais pas. J'ignore qui les a choisis. Je suis assise au premier banc devant le cercueil, en face de cette boîte lustrée qui va garder le père intact. J'aimerais l'ouvrir, vérifier, re-vérifier si le corps est bien disposé, si ses jambes ne sont pas coincées par le couvercle et s'il y a un peu d'air, un tout petit peu d'air. L'immobilité du cercueil m'inquiète. J'ai du mal à croire que le père est bien à l'intérieur et qu'il ne bouge pas, qu'il ne nous entend pas. C'est la première fois que je le vois muet au milieu d'une foule, et c'est comme si j'attendais qu'il se lève pour prendre la parole. Il y a plusieurs discours de prévus, des amis qui sont capables de se rendre jusqu'à l'avant et qui savent parler au cadavre. Pendant ce temps, les minutes ne passent plus et la souffrance se joint aux souvenirs pour nous écraser.

On aimerait être sourd comme le mort, on aimerait que les voix cessent, on aimerait être ailleurs et le mois suivant. L'arrière-grand-mère n'en peut plus de retenir son mal, je l'entends pleurer. Une toute petite ombre retenue par le bras d'une cousine qui hoquette et qui ne comprend rien. Elle est très près du cercueil, tout près, elle pourrait le toucher, poser une main sur le bois et retenir ainsi sa chute, mais elle ne le fera pas.

Plusieurs hommes soulèvent le père et défilent dans la longue allée. Derrière la porte, le soleil absurde et obstiné de la matinée. Une vraie sortie d'église, on pourrait croire que la fête nous attend, que les petits vont lancer des poignées de confettis de couleur et qu'on va se rassembler sur les marches, tenter de ne pas plisser les yeux et de sourire fort et bien. Les rayons frappent le corbillard noir. Le cortège se reconstruit. Il n'y aura pas de coups de klaxon. Le cimetière s'étend derrière la montagne.

Le grand trou brun est là et les hommes posent le cercueil à côté. Les chuchotements des enfants désobéissent aux mères tandis que la voix du grand-père prononce sous les arbres un Notre Père suivi d'un Je vous salue Marie, très bien récités, solennellement, une vraie voix d'homme qui mène son peuple et qui croit avec la prière le préserver du malheur. La voix voudrait répéter plusieurs fois, mais elle ne peut pas, alors c'est le silence, un terrible silence qui garde les yeux sur le trou et sur le cercueil. Les mains font le signe de croix sur le front, le menton et la poitrine, et puis quelqu'un nous suggère de retirer une fleur du bouquet, n'importe laquelle. Je choisis une rose, une toute petite rose rouge.

Les voix disparates sont portées par le vent froid du début avril. Avec un cercueil aussi cher, pas de danger, les vers ne l'atteindront jamais... «Ouais, ton père il est parti avant tout le monde, mais il est parti sans avoir d'ennemi, c'est rare ça, et puis Denis, il serait ben content du trou, il est exactement là où il voulait être, sous le grand chêne, il avait dit à l'automne: "Si je meurs, je veux être enterré ici...", il avait fait une marque sur le sol, là, exactement où il est... Oui, et puis il va être bien ici, à l'ombre et près de son petit frère Gérard... Eh, le sacré Denis! Il est parti vite! Ça m'étonne pas, il a toujours été quelqu'un de bien pressé et qui voulait toujours être en tête...» Je n'entends bientôt plus qu'un lent bourdonnement qui me fatigue.

Je cherche l'arrière-grand-mère et ne la trouve pas. Elle n'est ni dans le cercle, ni blottie contre sa fille, ni affaissée aux pieds d'une tante. Nulle part. Un instant je crains que nous ne l'ayons oubliée à l'église. Je me retire quelque peu du troupeau qui jase, jase trop, et puis elle m'apparaît, minuscule, fragile, derrière ses énormes lunettes noires qui cachent des yeux qui ne voient plus, elle est là assise sur la banquette arrière, dans le véhicule du vieux. Alors je comprends qu'ils lui ont interdit de sortir, que le pas et la canne sur le sol glissant auraient été dangereux, qu'il fallait éviter le risque, parce qu'à quatre-vingt-onze ans, une chute ne pardonne pas et que, de toute manière, ce ne sera pas bien long, le temps de quelques Notre Père et on sera reparti, parce que le cercueil ne sera pas mis en terre avant la fonte des neiges, alors vaut mieux rester bien assise, au chaud, on n'éteindra pas le moteur, il ne faut pas vous déranger. La tête grise regarde droit devant elle, son regard va, semble-t-il, jusqu'au cercueil, jusque dans la boîte, jusque sur le corps, qu'elle connaît, qu'elle aime plus que tout au monde, et on dirait que pour cet instant-là Dieu a permis aux yeux de voir.

... Tu sais, ton père a encore raconté la semaine dernière que, quelques mois avant ton départ, tu étais allé avec lui au cimetière afin de lui indiquer où tu souhaitais être enterré. Selon lui, tu avais fait une marque sur le sol, sous le grand chêne, à l'abri du vent, près du petit frère. Rassure-toi, tu es bien là où tu voulais. Mais ne me dis pas que tu savais que les traitements ne te sauveraient pas, ne me dis pas que tu prévoyais une fin si soudaine. Je ne te croirai pas.

Sur ta pierre tombale, il n'y a presque rien. Un oiseau chétif gravé au-dessus de ton nom, suivi des dates de ta naissance et de ta mort, 1950-1997, c'est tout. La calligraphie est simple, du gris gravé sur du noir. Une grosse pierre bien droite dans l'herbe qui ne sert à rien, et sur laquelle on aurait pu inscrire bien des choses. Toi qui avais un cœur de poète et qui avais un proverbe pour chaque événement, toi qui as marché sur les cinq continents, toi qui as fait mille métiers et qui as aimé mille gens, l'unique visage qu'il te reste pour saluer les passants est plus désert et plus lisse que celui d'un nouveau-né...

Ta pierre est honteuse et te représente bien mal. Tes mots ne sont pas là, ta voix non plus, tu es nulle part où il faudrait que tu sois pour te défendre contre le temps qui va passer et vouloir t'oublier. Oui, il aurait fallu une de tes phrases, ou même un seul de tes mots pour que les enfants des enfants se souviennent de toi. Mais si aujourd'hui on ne sait pas graver autre chose, c'est probablement parce que tu n'es pas derrière une phrase, tu n'es pas sur une pierre, tu n'es pas couché dans le cercueil sous l'herbe, tu es partout, partout où je te cherche et où je t'appelle.

Tu avais prévu écrire un livre à ta retraite. Tu vois, tu n'as pas pris le temps d'écrire une seule ligne, et je t'en veux beaucoup parce qu'on dirait que ce fardeau-là me revient, oui, c'est comme si tu me donnais le fardeau de ta mort à écrire. Tu croyais en moi, tu le disais souvent, mais maintenant que tu me vois écrire sur ton décès, cela ne te fait-il pas trop souffrir? Suis-je trop sévère avec ton père, tes sœurs, ton épouse? Est-ce que je peux poursuivre? Et toi, continueras-tu de me lire?

Tu es parti trop rapidement et ta fuite a surpris tout le monde. Tu n'as pas préparé ton départ, et tu n'as fait aucun au revoir. Sais-tu qu'il y a encore des gens qui ne savent pas que tu n'es plus là? Je te le répète, tu dois revenir et remettre ta mort à bien plus tard. Tu pourrais attendre d'être très vieux et de mourir doucement pendant le sommeil comme meurent les autres. Je te rappelle que tes projets sont inachevés, que ton livre n'est pas écrit et que celui que je rédige aujourd'hui n'est peut-être pas celui que tu espères... Tu ne peux pas nous abandonner et, d'ailleurs, que dirai-je à mon enfant qui te cherchera? Le futur est invraisemblable sans toi, et tu le sais.

Après. Juste après. Ou peut-être un peu plus tard. Beaucoup plus tard. Je ne sais plus, nous ne le savions pas non plus. Enfin, les instants qui suivirent le cataclysme, la ruine, le pire. Le samedi matin, onze heures trente-deux minutes chez les vivants. Libérer le corps des tissus froissés, dévêtir jusqu'à la nudité et la maigreur, dévoiler ce qui reste. La maladie est partout, et dans chaque pli de la chair elle a fait des nids. Comme si elle y était installée depuis longtemps, plus longtemps que nous l'aurions pu croire, car à quelques endroits, il y a des choses effroyables. Puis c'est à l'une de nous d'aller tremper un linge dans l'eau tiède, surtout pas trop froide dit maman, et de revenir. Les mains lavent le corps à petites caresses et malgré cela il se refroidit peu à peu. Avant que tout ne soit perdu pour toujours, les gestes se faisaient dans le plus grand affolement, avec des hurlements («non, je t'en prie, pas tout de suite»), des larmes et des torrents. Maintenant, les gestes sont lents, extrêmement lents, et une prière tranquille flotte au-dessus de nos têtes.

Parfois l'une de nous s'assoit pour regarder. Parce que ça dure longtemps. Il faut faire attention à ne pas endommager l'endommagé, défaire le défait, déchirer le déchiré. Le peigne humide place les cheveux et les sourcils. Des doigts cueillent les larmes sur les joues du père et les portent aux lèvres pour y goûter. Quelqu'un replace le long du corps les bras qui fuient de chaque côté du lit. Puis la bouche de ma mère embrasse celle entrouverte, doucement. Prendre de longues inspirations pour écraser tout au fond des entrailles ce qui à tout moment pourrait surgir, ce mal qui nous ferait toutes souffrir, ce mal qu'il faut taire.

Quelques personnes viennent rue des Capucines, et nous nous laissons presser contre elles. Puis il y a des paroles et des conseils remplis de chagrin que nous recevons comme des lames en pleine chair. Un peu plus tard, la lumière baisse peu à peu dans la chambre, et le cadavre immaculé rend le lit plus blanc et de plus en plus transparent. Encore plus tard, nous sortons de la chambre, laissant la mère se blottir une dernière fois contre le corps froid.

Au lever suivant, il faut téléphoner, il faut annoncer, dire, détruire. Il est difficile de ne pas perdre la voix, elle nous est comme arrachée lorsqu'elle dit l'indicible, et à chaque appel, la provocation du désarroi recommence. Le jour avance, et puis on apprend par la grande sœur que la Loi viendra avant la fin de l'après-midi saisir le père, l'emporter. On ne sait pas ce qu'elle lui veut, et on ne le lui demande pas. On sait seulement que c'est indiscutable. Avant que n'arrivent les deux hommes, nous nous éloignons du père, nous osons le laisser seul, nous descendons au salon, nous nous assoyons sagement les unes face aux autres, et nous commençons à attendre.

Puis ils arrivent comme toujours arrivent les importuns, mais rarement ceux qui avaient pourtant promis de revenir. La grande sœur les laisse entrer. Je ne les regarde pas, je surveille la mère qui serre son visage entre ses mains. Je les entends avancer, puis monter les marches, encore, je les entends encore. La mère frémit comme une bête blessée, elle est prisonnière de ce frémissement, et les bras de son frère autour d'elle n'arrivent pas à la sauver. Je sais qu'elle voudrait courir en haut, arriver là avant eux, fermer la porte très violemment, la verrouiller, se jeter sur lui, le veiller comme une louve pendant des mois. Je sais qu'elle leur demanderait de partir, qu'elle a au moins le droit de prier la Loi de nous le laisser encore un peu, une nuit. Non, elle gémit, et elle ne nous défendra pas contre ceux qui viennent nous l'enlever. Pour la première fois, la mère est si petite et si détruite et si fragile que je crains qu'elle ne puisse jamais plus me protéger contre rien. Qu'avec cet enlèvement, on m'arrache aussi une grande part d'elle. Et je pleure, beaucoup.

Les hommes descendent, c'est malsain de les écouter. Nous sommes tout entières au bruit des pas qui résonnent tout près, et qui s'éloignent sans s'arrêter. On ne demande pas où ils vont, on n'ose même pas demander quand on pourra revoir le père. La porte se referme derrière la civière blanche et on entend l'atroce bruissement de la mère dans toute la maison.

*

Le printemps est quand même venu, très lentement, mais il est venu, et puis l'été aussi, avec sa chaleur et son humidité accablantes. Nous habitions encore rue des Capucines. Nous avions encore la même voiture, recevions les mêmes invités, nous promenions à bicyclette près de la rivière, sortions dans les cafés, achetions des fleurs pour la maison, prenions des bains de soleil sur le toit, les oiseaux chantaient dans le salon, petite Scarabée dansait sur ses pointes, grande Manue rêvait à son Italien, Maria pleurait la nuit, et tout, tout en apparence semblait continuer comme si avril n'avait pas eu lieu, comme si le père n'avait pas disparu, comme si à chaque repas nous ne le voyions pas sur sa chaise vide.

Bien sûr, nous ne prononcions plus son nom, nous ne regardions plus les photographies dans les albums et évitions celles qui étaient accrochées aux murs, nous avions rangé des dizaines de disques, et les quelques chemises que nous avions gardées restaient au fond des armoires. Personne ne parlait du passé, les conversations à l'imparfait étant devenues de longs moments menaçants que nous réussissions à éviter. Quand une voix au téléphone demandait à parler à Monsieur B., nous raccrochions. Lorsque l'une d'entre nous trouvait par hasard ses skis de randonnée, lorsqu'à la radio Jacques Brel se mettait à chanter, lorsque nous nous apercevions que l'une ou l'autre empruntait une de ses mimiques ou employait une de ses expressions, ou alors, pire, lorsqu'au milieu de la nuit sa voix, son visage, son corps nous visitaient en rêve et nous tiraient du sommeil, chacune sans exception se cachait dans son lit pour pleurer comme une Madeleine, et alors personne n'en savait rien.

Oui, c'était ainsi, la vie continuait au rythme des jours et des nuits. Ce qui devait être tu l'était, ce qui devait mourir restait mort. Nous aurions pu vieillir ainsi, et le père n'aurait jamais réapparu, nous aurions feint de ne jamais y repenser, et peu à peu nous aurions réussi l'horrible tâche de tout oublier. Tout: la minceur des cheveux sur un large front lisse, le jaune de ses yeux petits et magnifiques cachés derrière des lunettes épaisses, des joues creuses et presque imberbes traversées par un très long nez surplombant des lèvres minces et pâles, et un menton nain. Son cou étroit, son corps étroit, ses pieds étroits et quatre orteils infirmes: le père debout, avant le cancer. Et sur les photographies encadrées le père aurait jauni, pâli, puis il aurait fait place à un faisceau de lumière blanche. Peut-être serions-nous allées au cimetière pour son premier anniversaire, peut-être l'aurions-nous beaucoup regretté, mais nous serions revenues rue des Capucines, et le lendemain le silence et l'oubli se seraient mêlés à la routine. Et les quatre filles se seraient mariées, pendant que la veuve serait restée veuve.

Mais octobre est arrivé comme un violent battement d'aile noire. Cela a été brutal, tyranniquement brutal. Cela s'est passé une fin d'après-midi, dans ma chambre. La mère est entrée, elle s'est assise sur mon lit, elle a saisi le livre que je tenais, l'a posé par terre, elle m'a regardée, je l'ai regardée, nous nous sommes dévisagées en silence, et puis c'est là, à ce moment-là, qu'elle a osé le dire, sans pitié.

Le jour suivant, il était déjà trop tard. Monsieur M. existait, existerait. Et en même temps que cet homme entrait dans nos vies, le père réapparut, comme un spectre, et il reprit place dans la maison de manière à ce que nous le voyions partout. Il faut croire que les morts nous guettent, oui, il faut croire qu'à trop vouloir les effacer, ils s'entêtent à demeurer. Et sous les yeux du père, et sous les nôtres, la veuve est étrangement entrée dans le monde merveilleux et indécent de l'adolescence. La mère redécouvrait, après vingt-sept longues années de mariage et à peine six mois de deuil, les vertiges au creux du ventre et l'attente à la fenêtre. C'était étrange, c'était violent, c'était injuste: la mère, redevenue femme, une étrangère.

Elle renouvela sa garde-robe, raccourcit ses robes, jeta enfin ce vieux manteau beige tant détesté par le père. Habituée depuis toujours à rentrer tôt et à sortir peu, dévouée entièrement à ses enfants et à son époux, tout à coup elle dînait dans les grands restaurants, se parait avec soin, allait danser dans les clubs et fumer dans les lounges. Lorsque je marchais près d'elle dans les petites rues de la capitale, les hommes se retournaient non pas sur mes vingt ans mais sur la femme radieuse et étincelante qu'elle était devenue. Le soir, je m'asseyais sur son lit pour la regarder, la redécouvrir devant la glace. Je ne refusais pas de la coiffer, et je participais en silence aux soins du corps quadragénaire. Elle écoutait religieusement mes conseils et portait mes propres vêtements qui lui allaient parfaitement. Le père était là aussi dans l'ombre et parfois il allongeait ses longs bras dans les miens pour toucher du bout de mes doigts la chair, les cheveux, les lèvres de son épouse.

Pressée contre elle dans l'escalier, je sentais que c'était le père qui tentait de la retenir. Mais les adolescentes au bruit de la sonnette sont impatientes. Ses pas couraient dans l'entrée suivis des miens, et mes «rentre pas trop tard», «surtout sois prudente» n'avaient pas le temps de l'atteindre que déjà Monsieur M. l'emmenait. Le matin, d'énormes bouquets entraient dans la cuisine, parés de petits mots qu'elle dévorait, heureuse et pressée.

Elle passait de plus en plus de temps à l'extérieur de la maison, et bientôt nous ne connaissions plus son emploi du temps. Lorsqu'elle apparaissait, elle semblait distraite, anxieuse, bouleversée. Plusieurs fois par jour le téléphone sonnait, et alors elle s'en emparait pour fuir au sous-sol et y discuter pendant des heures. Son rire se propageait alors d'une pièce à l'autre.

Novembre n'a été que le prolongement du mois précédent. Monsieur M. est entré dans la maison une première fois, puis une seconde, et puis d'autres encore. Au début, il ne venait que pour l'heure du dîner. Lorsqu'il hésitait à prendre la chaise du bout, la mère elle-même la lui désignait. Monsieur M. demeurait pourtant nerveux pendant les repas. Et la mère osait sous nos yeux prendre sa main, l'embrasser dans la nuque pour le rassurer que tout irait, que ses enfants étaient bien polis et savaient taire parfaitement leur mal. À la fin du mois, ils monopolisaient le salon pendant des heures, et sur le même étroit fauteuil, l'un contre l'autre, et parfois la mère sur lui, ils regardaient la télévision en chuchotant. Pendant ces interminables soirées, mes sœurs et moi restions à l'étage, enfermées dans nos chambres. Je ne sais pas si le père demeurait près d'eux, ou alors les observait depuis sa chaise à table, ou s'il fuyait avec nous. Je ne sais pas, je ne le sentais pas en moi, je ne l'entendais pas, mais peut-être gémissait-il comme un enfant dans un coin. Quand Monsieur M. partait, nous entendions sa voix nous lancer un bonsoir du bas de l'escalier, mais nous feignions de ne pas l'entendre, et lorsque la mère montait, nous dormions toutes. Les enfants polis devinrent donc des enfants sauvages et le désordre, le vrai désordre, s'installa.

Le 31 décembre, la famille du père arrive tôt, trop tôt, trop nombreuse, comme chaque année. La fête se déroule à la maison et les gens viennent inspecter le lieu du deuil, vérifier si le mal est encore là, si le père a laissé son odeur. Peut-être aussi pour mettre la main sur des objets dont on ne veut plus et qui rappellent le défunt. Après le repas, la bénédiction est prononcée par le grand-père sur ce ton sévère qui fait pleurer les plus jeunes. Et puis, la voix, les voix se brisent, on nous serre, on nous prend, on nous écrase, et nous pleurons, nous hurlons. L'absence du fils, du frère, du père entre dans la maison, et la mère tout à coup redevient veuve. Une fois la soirée achevée, les gens repartent, Monsieur M. ne sera pas venu, personne n'aura rien su. Le lendemain, nous rangeons la maison, janvier s'amorce et le désordre se réinstalle en s'intensifiant.

... Il faut bien que quelqu'un te raconte ce qui se passe ici depuis ton départ. Ce sera moi. Tout d'abord, il faut que tu saches que tes vêtements, tes agendas, tes photos, tes souvenirs ont été jetés pendant le mois qui a suivi ta mort. Il m'a d'ailleurs fallu me battre pour te voler quelques chemises, et aujourd'hui tu ne peux imaginer à quel point il est presque honteux de les porter. Sais-tu que la mère ne porte plus les bagues que tu lui as offertes? Sais-tu que même ton nom a été enlevé à son prénom? Dis-moi... n'est-ce pas étrange que les gens gardent la certitude que tu ne reviendras plus?

Au cours du mois de ta mort, j'ai été violée plusieurs fois par cet homme que j'aimais, puis abandonnée par lui. Aujourd'hui je regrette qu'il ne l'ait pas fait plus fort, plus longtemps, j'aurais voulu qu'il me défonce et me tue, pour que je puisse te rejoindre, pour que je puisse aller te chercher, toi qui ne viens pas. S'il a réussi à creuser sous mon ventre un grand trou bleu, sa violence ne m'a pourtant pas achevée. Tu vois, je marche encore, je saute, je cours, j'aime, je t'écris, je vis. C'est presque dommage.

Crois-tu que si je t'avais rejoint, quelqu'un aujourd'hui serait en train de nous écrire pour nous demander de revenir? Je ne sais pas. On ne connaît jamais véritablement les gens... Les sœurs disent que cet homme-là habite maintenant dans le Sud, près du golfe du Mexique, elles disent qu'il aime ailleurs et aussi mal. Tu as répété tant de fois pendant ces longues années qu'il ne m'apporterait que du chagrin. Tu avais raison, j'aurais dû suivre ton conseil et épargner à ma jeunesse sa brutalité, car aujourd'hui encore, sa voix et son souffle continuent de me faire sursauter.

Des mois après ton décès, j'ai voyagé jusqu'au Brésil. Je croyais y trouver la solitude et un peu de paix, mais c'est toi qui m'attendais. Les vagues se sont mises à déplier ton long corps de cadavre, et bientôt le roulement de l'Atlantique n'obéissait plus qu'au relief poreux de la maladie sur ta chair. Je t'ai écrit de nombreuses lettres que j'ai abandonnées à la mer et à ton visage mille fois composé, décomposé. J'ai alors compris que peu importe où je serais, ton décès me harcèlerait jusqu'à ce que j'en fasse un livre. J'ai aussi compris que tu me donnais ta mort comme on donne à un infirme des jambes pour marcher. J'ai quitté le Brésil et je suis rentrée.

Et aujourd'hui... Ton épouse, ta Lucia, dois-je te l'apprendre, ne le vois-tu pas par toi-même? La réalité est presque aussi impensable que ce jour du 4 avril, où tu as tout à coup décidé d'arrêter de respirer. Lorsqu'elle t'a vu passer du lit de plumes à celui de bois, la mère a simplement fléchi. À croire qu'elle n'a pas voulu connaître le désastre des années sans toi, sans personne, non plus ton absence sur l'oreiller à sa droite. Depuis, quelqu'un est là, un inconnu qui paraît plus vieux et plus malade que toi. Quelqu'un qui parle fort et trop et qui lui apprend quand se taire. Quelqu'un qui sait surtout comment nous la voler, l'emmenant dans le luxe des monts blancs. Monsieur est là, mine de rien, parmi nous toutes. Il voudrait avoir été là depuis toujours, depuis les vingt ans de ta Lucia, il voudrait être le père de tes quatre filles, il s'attache à nous, comme elle dit, et son désir pèse lourd, si lourd. Je ne sais pas combien de temps il va rester, mais je me dis qu'étant arrivé si tôt après ton départ, il ne pourra pas demeurer là éternellement. Quoiqu'on ne sait jamais. Le pire est toujours à prévoir. Qu'attends-tu donc pour venir toi-même le sortir de ta maison? Oui, tu le connais. Une matinée d'été, sur les marches de l'église, tu la lui avais présentée. Aujourd'hui, c'est lui qui l'emmène prier. J'espère qu'un jour la mère comprendra que Monsieur n'était là que pour ce soin: la maintenir en vie, la soutenir dans l'attente de ton retour.

Inutile de te dire comment Scarabée, ton bébé, doit défendre sa vie auprès d'une mère nouvellement adolescente et rebelle. Elle apprend, infatigable, à négocier les sorties de plus en plus nombreuses. Et lorsqu'elle n'en peut plus de pleurer, parce qu'elle pleure souvent, elle chausse ses pointes roses qui continuent de lui briser les chevilles, et elle tourne dans le salon jusqu'à s'étourdir dans un fauteuil. Alors l'une de nous prend le bébé dans ses bras et va la border dans son lit. Comme tu le faisais. Maria, quant à elle, attend le moment où quelqu'un voudra bien l'accompagner sur ta tombe. Elle change peu, Maria. Elle est patiente et têtue. Comme il faut l'être devant ton absence. Manue imite la déchéance de maman, et refusant de lire mes textes, lesquels, dit-elle, sont trop noirs et beaucoup trop vrais, elle ne parle plus de toi, et s'évade dans un amour qu'elle dit formidable. Ainsi, comme je te le disais, c'est la débauche ici, et rien ne te ressemble plus.

Depuis ce lundi, depuis ce jour-là, depuis que le dernier diagnostic nous avait annoncé que l'été ne viendrait pas, ni l'automne, ni toute autre saison dans la vie du père, nos nuits étaient livrées à des sommeils indociles; et puisque chaque heure pouvait être la dernière, chacune passée loin du père durait un siècle et demi. Ainsi, pendant que la neige s'accumulait sur la toiture, pendant que ma mère caressait une tête malade et brûlante qui ne dormait jamais, dans la chambre voisine, nos quatre petits corps tournaient dans les lits comme sur la broche tournent les bêtes. Et c'est ainsi que se marièrent, pendant l'ultime semaine, le bruit des draps qui se froissent et la faible voix maternelle qui chuchote des mots insaisissables, de l'autre côté du mur.

Un soir, alors que le ciel clair annonce une nuit exagérément froide et que la saison morte lance dans la rue des Capucines des bourrasques de vent épais qui viennent frapper contre la fenêtre du second étage, le père insiste pour que ses quatre filles et son épouse adorée se réunissent autour du petit lit prêté par l'hôpital. Nous sommes là, auprès du père qui a eu une dure journée, qui a le ventre vide et du mal à terminer ses phrases tant elles l'épuisent. Les mots s'enchaînent difficilement, ils sont aussi pénibles à prononcer qu'à entendre, et le père le sait. Il sait pourquoi les filles sortent de la chambre et reviennent quelques instants après, il sait que cela fait mal, que tout fait mal, que la mort d'un père paraît improbable et que toutefois la sienne viendra, il sait que la vie ne durera pas. «Il va être temps de faire un dernier grand tour, dit-il. J'aimerais qu'on loue une Cadillac blanche. On ira jusqu'à Montebello, la fin de semaine prochaine.»

Voilà. La voix a réussi à projeter des sons broyés qui atteignent le visage des filles comme un souffle épidémique et mauvais. Bien sûr, chacune comprend que la défaite est là, dans ce qui vient d'être dit, dans ce qui est souhaité, chacune comprend que le docteur a convaincu le père de faire ses adieux le plus vite possible. Il lui a dit que la fin animale viendrait, il lui a dit que les métastases se propageaient, formaient des armées entières qui montaient dans son corps comme une grande marée noire et épaisse et qui bientôt n'hésiterait plus à remonter l'œsophage, et qu'alors le cancer serait victorieux, il ne savait pas encore quand, mais il a avoué qu'assurément il ne verrait pas l'herbe dans les parcs...

Ne pas pleurer. Refuser que la mort soit partout dans le vent et qu'elle guette sa proie. Ne pas l'entendre cogner encore et encore contre la vitre. Ne pas croire que nous sommes au seuil de la mort. Confondre ce dernier grand tour avec un petit voyage qui ferait du bien à tous, une sortie en forêt dans un des endroits préférés du père, une brève escapade qui nous permettrait d'être tous ensemble. Oui, nous partirions dans une semaine pour faire plaisir au père, aucun souhait ne pourrait lui être refusé, surtout pas celui de traverser les campagnes accompagné de ses filles à bord d'une Cadillac. Nous emmènerions seringues, capsules, solutés, peut-être un peu de morphine, le docteur Laberge aurait dit oui, nous irions dîner dans une auberge avec du bon vin, puis nous roulerions son fauteuil dans les sentiers, et peut-être que tout serait dernier ceci, dernier cela, que tout serait très pénible, mais nous reviendrions ici, et le docteur verrait tout de suite une amélioration, les métastases auraient abandonné leur course, le père retrouverait son appétit et reprendrait des forces peu à peu, il survivrait au printemps, puis à l'été, puis à l'hiver, et tout continuerait ainsi, de mieux en mieux, et le dernier grand tour aurait fait des miracles.

Oui mais, puisqu'on ne sait jamais, plutôt partir à l'instant même, partir dans la nuit blanche, dans une longue et luxueuse voiture blanche. Et pourtant non, le père dit qu'il doit rester quelques jours au lit pour retrouver des forces, que le voyage lui demandera beaucoup d'efforts, qu'il ne se sent pas très bien ce soir, que demain tout ira mieux, qu'à présent nous devons regagner nos chambres, s'il vous plaît me laisser avec votre mère. Les filles rejoignent leur lit et elles rêvent éveillées à la route et à la voix du père qui doucement nomme les villes que traverse la belle Cadillac. Dans l'autre chambre, le père et la mère regardent sans rien dire la petite statue d'ange en cire offerte par la grande sœur, la statue qui se répand doucement sur la table de chevet.

Deux jours plus tard, nous sommes au début d'une longue journée, la plus longue de toutes celles à venir, le père voyage seul dans une voiture immense et qui brille davantage que n'importe quelle autre Cadillac.

... Oui, ta mort a été brutale, inattendue, tu as raison. L'étouffement dont tu as souffert est injuste, tu n'avais pas à mourir ainsi. Toi qui craignais l'eau plus que tout, toi qui nageais rarement et toujours près du bord de peur de te noyer, tu es bien mort les poumons en un instant remplis de liquide. Tu as bien ouvert les yeux, agité les bras, agité les jambes, tu as tout fait pour être sauvé, mais la vie ne t'a pas gardé, ce matin-là d'avril. Une mort horrible. Oui. J'imagine que cela a dû te faire très mal. Personne n'avait prévu que l'infection sur ton poumon allait monter dans ta gorge et l'entraver. Personne ni même toi n'avait compris que si tu avais du mal à parler, à respirer pendant les derniers jours, c'est parce que doucement le pus remontait en toi et planifiait de t'étouffer. La fin a été brève, ton dos a frappé les draps, un petit bruit sec dans la chambre, et puis rien. Je sais que ton corps est resté près de nous pendant quelques heures, je sais que tu nous l'as prêté pour les trois jours suivants, que tu nous as laissées faire ce que nous croyions être le mieux pour toi, je sais que tu t'es laissé toucher, laver, coudre, habiller par des inconnus, enfermer dans une boîte sombre et puis enterrer dans un grand trou froid. Je le sais parce que je suis allée dans cette pièce où ils t'ont fouillé, je suis allée voir ces hommes qui t'ont préparé pour la mort, je leur ai demandé ce qu'ils t'avaient fait et ils m'ont tout dit. Tout. Mais j'aimerais que tu me dises que tu n'as pas senti le tranchant des outils dans ton corps. Je tiens à ce que tu me dises que tu ne sentais plus rien lorsque leurs mains ont tiré sur ton cœur pour te l'arracher.

Je ne me rappelle pas pourquoi je suis ici ni comment j'y suis venue, je sais seulement que la grand-mère est devant moi, que nous sommes seules dans son salon, et que c'est la fin de l'après-midi. Mon visage et ma présence doivent lui rappeler son fils, mon père, car depuis que je suis assise dans cette pièce, depuis une heure, deux heures, peut-être plus, la grand-mère ne sait parler que du petit Denis. Elle est assise très droite dans un fauteuil de velours vert, et ses petits souliers de cuir verni sont immobiles, à quelques centimètres des longs poils du tapis persan. Ses mains sont posées sur sa jupe foncée, laquelle a des plis verticaux et bien pressés.

Sa voix ne s'arrête jamais, elle dit des choses très dures et qui font très mal. Il y a longtemps qu'elle n'en a parlé, puisque personne n'est jamais là pour entendre la douleur d'une mère qui a perdu son fils. La voix est usée parce qu'elle a beaucoup aimé, beaucoup pleuré, beaucoup prié, la voix sort d'un trou miniature autour duquel le bâton rouge a laissé une trace. Je regarde cette bouche, mais aussi ces cheveux, de petites boucles noires alignées les unes derrière les autres et qui parcourent toute la tête, de petites boucles qui ne bougent pas et qui sont fixées ainsi, toujours de la même façon, dans le même alignement depuis cinquante ans, chaque semaine par le coiffeur du quartier. Sur le nez, des lunettes en or qui ont coûté très cher au grand-père mais qui durent depuis toujours, et qui partiront avec elle dans la tombe: une dépense justifiée.

Derrière la grand-mère, la fenêtre, et par la fenêtre, la ville du père, avec son enfance, sa vie, et maintenant sa mort. Des gens qui passent dans la rue, qui regardent la maison, et qui jasent de cet enterrement qui a eu lieu, au printemps, au petit cimetière de B. Qui discutent de la souffrance des parents, s'ils pourront s'en remettre, on ne sait pas, ça doit être très difficile pour eux de perdre leur aîné. La ville est petite, chacun est le fils, le père de tel fils et de tel père, les nouvelles se propagent rapidement, elles descendent de rue en rue, débordent dans les rangs et refluent au salon funéraire où l'on discute longtemps, café et beignes à la main. Et parfois on oublie qui est exposé tellement il y a de monde dans la salle, tellement il y a de choses à raconter depuis le dernier mois, depuis le dernier mort.

La grand-mère parle. Elle dit que son petit Denis est parti vite, qu'il est difficile de comprendre pourquoi le Seigneur est venu le chercher. Il doit y avoir une raison, parce que dans la vie, rien n'arrive pour rien. La grand-mère ne comprend pas encore, rien ne justifie la mort du petit Denis. Mais le bon Dieu sait ce qu'il fait, continue-t-elle, il faut lui laisser ces mystères entre les mains. Elle raconte sa dernière visite, trois jours avant le décès, dans la chambre au deuxième étage. Elle m'avoue qu'il lui a demandé s'il en avait fait assez pour le bon Dieu. Le pauvre Denis, comme elle dit, il en a fait plus que tout le monde. D'ailleurs, quand il était petit, il donnait toujours tout; ton père est un homme généreux, heureusement il y avait ta mère, une femme bien économe... Je lui ai dit qu'il ne devait pas s'en faire, qu'il en avait fait assez, et puis il m'a regardée avec ses grands yeux, et je crois qu'il était soulagé. La grand-mère fait un petit pincement de lèvres, fixe le sol un instant, l'instant d'avaler sa salive. Puis elle me regarde de nouveau et reprend la conversation, un peu plus lentement.

Elle continue et moi je regarde derrière elle: les arbres, le vent qui les ébranle, la rue, et soudainement le corps du père couché dans le lit simple, à la maison, au deuxième étage. L'image est vive. Les yeux jaunes et le teint gris. Les deux bras atrophiés de chaque côté du corps. Il parle peu et il dit que sa mâchoire a du mal à laisser passer les mots, comme si elle se figeait d'heure en heure. Nous croyons que c'est la fatigue, et nous nous rassurons ainsi. Pendant ce temps, les métastases qui vont l'achever filent tranquillement vers le cerveau... Il est parfois difficile de le comprendre, mais les gens font semblant de rien, ils hochent la tête et ils l'écoutent sans parler. On ne dit pas à un homme qui n'a jamais été malade qu'on ne comprend plus ce qu'il dit.

Des pas dans la cuisine, une armoire qui s'ouvre et se referme, des pas qui repartent dans l'autre salon, près de la véranda: le grand-père est dans la maison mais ne veut pas venir là où nous sommes, pour ne pas entendre ces mots, parce qu'il n'accepte pas que le fils soit parti, parce qu'il n'acceptera jamais qu'on puisse mourir avant la retraite, et surtout lorsqu'on est heureux, qu'on a une femme extraordinaire et quatre beaux enfants. Le grand-père a peur de la mort comme on a peur d'être brûlé vif tout près d'un grand feu de forêt. La grand-mère a baissé le ton pendant que son époux passait dans la pièce voisine, mais elle ne s'est pas arrêtée, elle ne peut pas, elle est tout entière à ce souvenir qui la détruit. Elle me raconte que le petit Denis a été enterré près de deux autres tombes, dont l'une était celle d'un adolescent de onze ans qui s'est suicidé, et l'autre, d'une petite fille de quelques années morte *du cœur*. Trois jeunes comme ça, un à côté de l'autre, dit-elle, c'est pas croyable. Elle connaît les parents du garçon, c'était leur fils unique, ils sont toujours à la messe du dimanche, des gens très polis. Les parents de la petite fille, elle ne les connaît pas, mais la grand-mère aussi a perdu un enfant de quatre mois, le petit Gérard, et vraiment, une mère ne s'en remet jamais. Quand on voit le cercueil grand comme un berceau, continue-t-elle, on se dit que la mort et le trou, c'est pas pour un enfant.

Derrière elle, la lumière baisse doucement dans la rue et sur les passants. La nuit se prépare, les voitures sont de plus en plus lumineuses et les arbres, de plus en plus noirs. Et l'image d'un père affaibli, amaigri par le cancer. Le docteur avoue qu'il ne faut pas espérer vivre plus de cinq ou six mois. Le père meurt trois jours après. Les visiteurs sont nombreux, ils viennent dans cette chambre où il y a deux lits, celui du malade et celui de la mère qui veille chaque nuit. Le mercredi, le dernier, les grands-parents sont là, et alors pour la première fois il faut parler de testament, parce qu'on ne sait jamais, comme le grand-père dit, il peut partir bien vite, comme Dieu peut le garder encore longtemps, mais de toute façon, un testament, c'est extrêmement important, même quand on n'a presque rien. Le père et le fils discutent des biens et de leur répartition, ils discutent longtemps et sérieusement. La mère et la bru sont en bas, la mère ne dit pas à la bru ce qui se prépare au second étage, elles parlent ensemble des plantes qu'il faudrait approcher du lit, aussi du printemps qui va venir bientôt et qui va faire le plus grand bien au petit Denis, parce que c'est la fin de l'hiver et que le temps ne l'aide pas, l'absence de soleil surtout.

La vieille voix me ramène dans la pièce. Mes yeux se posent sur le petit visage plein de rides qui me parle de la douleur. Perdre un fils est pire que tout, c'est comme se voir arracher un grand morceau de chair. Neuf mois dans mon ventre, quelques années de vie, et puis il est déjà dans la terre, dit-elle. La grand-mère trouve que ce n'était pas à lui de partir le premier, que c'était à elle, qu'elle lui avait dit cela, le mercredi, et que pourtant il lui avait répondu que non, que c'était bien son tour, et qu'il était prêt. La bouche rouge sourit un peu. Et puis grimace. Son dos est encore très droit, sa jupe n'a pas bougé, sa dignité ne se perd pas, même dans le désastre. La voix veut me rassurer, et se rassurer aussi, elle dit que le petit Denis était prêt à partir, qu'il avait beaucoup prié les derniers temps, et également qu'il avait eu la chance d'avoir un ami qui lui avait apporté la communion en secret, pendant les derniers mois. Il est mort heureux, satisfait, sans regret, et il le lui a dit. Aussi, selon la grand-mère, il a eu la chance de mourir auprès de nous toutes, ses mains dans les nôtres, et que cela est une grâce de Dieu. Je lui dis qu'elle doit se consoler, qu'elle a neuf autres enfants. Elle m'arrête et elle dit que non, que chacun a sa place, et que lui, il ne prend plus la sienne. Que le vide est immense et que personne ne peut le remplacer. Dans vingt-sept jours, ce sera son anniversaire, et cela, comme elle l'explique, lui fait très peur. On ne sait pas comment se préparer à un tel jour. On ne sait pas comment on va se sentir, on sait seulement que pour la première fois on ne pourra pas lui parler pour le féliciter. Qu'on va téléphoner chez son épouse et ses filles, qu'on va entendre ces petites voix, et que cela va nous faire mal, très très mal, parce que derrière elles, il n'y aura pas celle du fils.

Je quitte la petite bouche, et me rappelle... Le jeudi soir, il tente de nous réunir autour de lui, autour de son lit. Il doit savoir que le docteur se trompe peut-être, que la douleur dans les mâchoires est de mauvais augure, que sûrement le printemps il ne le verra pas, parce qu'il tient absolument à parler de choses importantes, beaucoup trop importantes. Mais chaque fois qu'il commence une phrase, l'une de nous sort de la pièce, pour aller chercher de l'eau, pour aller répondre au téléphone, et parfois pour aller pleurer en vitesse. Le père n'arrive pas à dire ce qu'il veut dire, son discours se décompose en petits coups de mâchoires interrompus. Personne ne veut savoir ce qu'il faut faire quand il sera parti, personne ne croit à cette mort qui vient. Je ne me rappelle aucune phrase, je ne me rappelle aucun de ses mots, je me rappelle seulement lui avoir dit de ne pas parler de ces choses-là tout de suite, que ça pouvait porter malheur. Nous l'avons quitté très tôt ce soir-là; nous aurions dû rester éveillées toute la nuit et le rassurer que tout irait bien après le décès, que nous ferions nos vies, que nous serions heureuses, que nous nous occuperions de la mère et de la cadette. Qu'il ne devait pas s'en faire, surtout ne pas s'en faire pour nous, que lorsqu'il serait tout à fait prêt, il pourrait partir.

La voix s'arrête. La main se déplace du genou à la joue et deux doigts essuient une larme. La main retourne à sa place, et le visage vieilli me regarde intensément, comme s'il voulait que je lui parle, que je lui dise quelque chose, n'importe quoi. Le silence est pénible, et le mètre qui me sépare d'elle me paraît infranchissable. Comme si entre nous, sur le tapis persan, il y avait un cadavre allongé. Un grand corps maigre et gris. Alors elle dit que le petit Denis aimait beaucoup ses filles, qu'elles étaient déjà grandes, et très belles, et qu'elles allaient se tirer d'affaire, il lui avait dit tout cela avant de partir. Ma gorge se serre, je ne la regarde plus, je fixe le sol, et je vois le corps. Surtout ne pas pleurer, surtout rester impénétrable.

Je vois ses joues gonflées et roses, et sa tête posée sur du satin. J'imagine les hommes qui ont mis leurs mains, leurs outils sur lui et en lui, avant de le ranger pour toujours dans le cercueil. Je m'efforce d'imaginer ces gens-là qui maquillent les cadavres en s'inspirant des petites photographies apportées par la famille. Je me dis que celles choisies par la mère devaient être très anciennes, parce que vraiment, dans le cercueil, il ne se ressemble pas du tout. Ou alors les embaumeurs ont inversé les portraits de deux cadavres. Je me demande ce qu'ils disent devant les corps, s'ils s'intéressent aux causes du décès, je me demande si pendant l'embaumement on peut parler d'autres choses que de ce qu'on a sous les yeux. Les gens qui parlent beaucoup disent que c'est très important de choisir un cercueil qui soit cher, sinon le corps se décompose très vite. Le grand-père a acheté pour son fils le plus cher, le plus confortable, le plus imperméable, le plus résistant qui soit. Car, comme il dit, s'il est de mauvaise qualité, il défonce, et le mort reçoit la terre en plein visage quelques minutes après que le trou a été refermé. Les survivants veulent croire que tout ira bien lorsqu'ils auront quitté la grande haie de saules et refermé la petite clôture de fer gris. Ils veulent croire que le maquillage ne sera pas défait et que les vêtements pressés ne seront pas tachés.

La grand-mère n'arrête pas de parler. Je pourrais quitter la pièce et elle ne s'arrêterait jamais. Heureusement, la fenêtre est là pour me distraire, pour voler des mots, et sûrement les plus douloureux.

Mon regard hésite entre la regarder, elle, l'entendre, elle, et fuir. Le malheur est le même: le père, toujours le père, dans cette petite bouche rouge qui se tord, et par la fenêtre. Pourtant la grand-mère ne sait pas que ce qu'elle raconte effraie sa petite-fille, elle ne sait pas que c'est bien le seul endroit où elle entend parler de son père, car chez elle, personne ne veut plus en parler, ni en entendre parler. La grand-mère et moi sommes dans la même mauvaise nécessité de la douleur, un besoin jamais comblé, comme celui de parler, et celui d'écrire. Ses yeux derrière les petits cadres d'or ont quatre-vingts ans, et ils brillent d'une torture incommunicable, égale à la mienne. Elle dit que son petit Denis a épousé une femme extraordinaire, que la mort ne change rien à l'amour qu'une femme a pour son mari. Et puis elle hésite, une autre petite grimace rouge, et puis elle dit que même si pour l'instant la mère a un homme auprès d'elle, il ne faut pas s'en faire, il ne faut pas juger, il faut seulement savoir que personne ne remplacera le petit Denis dans son cœur, voilà, il faut s'en tenir à cela, et Dieu se chargera du reste.

Ça continue. Je ne veux pas entendre parler de cet inconnu qui rend la mort deux fois plus souffrante et deux fois plus irréversible. Je retourne à la fenêtre, au corps allongé, je retourne à l'embaumement et je vois alors des choses effroyables. Le père est là, sur une table, coincé entre deux hommes. Il est nu et il se fait frotter à coups de brosses dures. Les bras vont si fort à la besogne que des petits bouts de chair et des poils noirs volent autour de la masse. Et puis les mains désinfectent les yeux, les oreilles, le nez et puis tout le corps avec de l'alcool. Après, il faut fermer la bouche, la fermer pour toujours parce qu'elle ne dira plus rien. L'aiguille est longue, elle va percer les gencives et les coudre l'une contre l'autre bien serrées avec un fil de coton épais, le même qu'utilisent les bouchers. Ce travail est difficile, parce que la bouche est rigide et conserve la mimique du dernier cri. Elle est ouverte et il faut la sceller. Les mains y arrivent en enfonçant l'aiguille encore et encore de haut en bas. Les hommes font ensuite une grande incision dans l'abdomen, et une fois chaque organe perforé avec une tige droite de métal et de sang, l'aspirateur retire les intestins, le pancréas, les reins, le foie, les poumons, et le cœur. Le corps vide est alors rempli de liquides phosphorescents et lumineux.

— Oui... lui répondis-je. Oui, pardonnez-moi, j'étais ailleurs, je suis un peu fatiguée.

La grand-mère me regarde fixement.

— On a bien de la peine, dit-elle, mais il faut que tu saches que, lui, il est heureux là où il est. Quand il a perdu connaissance, il est tout de suite allé rejoindre son Créateur. Il ne faut pas t'en faire, dit-elle. Il nous voit, il nous aide, il faut continuer de prier pour lui et lui va continuer de prier pour nous.

— Oui...

Le peigne et les petits ciseaux sont dans ses cheveux, dans sa moustache. Et puis les hommes enfoncent le corps raide dans l'habit du vingt-cinquième anniversaire de mariage, les pieds dans des chaussures fermées, sans oublier les chaussettes, puis ils font deux grosses taches roses sur les joues, une marque rouge sur les lèvres, et voilà, une vraie poupée de cire qui va terrifier les enfants.

— Tu sais, dit la voix, j'ai entendu parler de ton projet. Bien, je voulais te dire que c'est bien important de ne pas écrire des choses qui pourraient attrister ta mère. Des choses que je t'ai dites ici, ou d'autres que tu aurais entendues ailleurs. Tu comprends, ta mère, elle ne pourrait pas supporter, elle est fragile. Et puis il y a des souvenirs qu'elle préfère oublier, on ne peut pas lui en vouloir...

Non, bien sûr que non, on ne peut pas lui en vouloir. La mère prend l'oubli en petits comprimés qui l'aident à guérir vite. Laisser les morts enterrer les morts, disait l'autre. Et la veuve passe à autre chose et à quelqu'un d'autre.

... *Je ne pourrais pas dire combien de semaines, combien de mois ont passé depuis ton décès. Ta mort semble se répéter de jour en jour et de nuit en nuit. Elle semble emprunter toutes les voies pour m'atteindre: une rencontre, une musique, une odeur, un rêve. Tenace, elle finit toujours par me frapper.*

Es-tu vraiment devenu aveugle? Dans un de mes rêves, nous étions ensemble, la mère, les sœurs, autour d'une table à prendre le repas; et l'étranger était là, assis à ta place. Puis, nous t'avons vu t'approcher, doucement, les yeux gris vitreux et un roseau à la main. Rapidement le bras de la mère a tiré une chaise pour toi, et t'y a guidé. Tu souriais, tu as complimenté les plats, et tu n'as rien vu, rien pensé, bien installé devant le spectacle de l'obscénité. La mère ne veut pas entendre ces rêves, tu comprends. Une tante, peu après ta mort, nous a dit qu'à trop t'inviter dans le sommeil, nous t'empêcherions de t'élever jusqu'au ciel. Elle racontait qu'il fallait te laisser partir, et que c'était pressant. Récemment, la même nous confiait t'avoir vu dans son propre rêve, assis sur son lit à elle, et paraît-il tu étais heureux et enfin arrivé là-haut.

Le rêve d'hier est encore plus étrange et plus inquiétant. J'apprends que je vais mourir, que je dois faire mes adieux, que c'est incontournable, et que personne n'y peut rien. Tu es là près de moi, et nous sommes tous les deux à côté du cercueil qui m'attend. Tu as une voix très douce qui m'explique comment il faut faire, comment il faut faire pour mourir. Se concentrer, dis-tu, ralentir sa respiration en prenant de grandes inspirations, et en expirant tout doucement. Tu dis que la mort vient quand on arrête de respirer. Tu expliques comment ce sera lorsque le couvercle sera refermé sur moi, que le noir sera complet, que les voix autour se feront de plus en plus sourdes. Tu montres aussi comment se coucher dans le cercueil, et tu le fais, tu t'étends dans la boîte. Et puis je te dis que ce n'est pas possible, que je ne peux pas mourir tout de suite, et alors je pleure intensément. Tu me regardes, et ensuite tu dis sérieusement que plus on attend, plus ça fait mal. Plus on attend, plus ça fait mal, répètes-tu.

La mère décide que le malade ne doit plus sortir du lit, qu'il doit y rester pour récupérer. Elle dit qu'il doit dormir, dormir le plus qu'il peut. Elle croit qu'en une semaine il verra la différence, qu'il pourra alors se lever et peut-être même descendre les escaliers par lui-même. Elle lui achète des pyjamas, un jaune et un bleu, elle installe le téléviseur sur la table de chevet, elle apporte des livres, des fleurs, elle répète que s'il suit ses conseils, s'il ne sort plus de la chambre et reste confortablement sous les draps, tout ira mieux, oui c'est certain tout ira mieux. Le père obéit à son épouse et cesse alors toutes ses activités. Il abandonne ses longues promenades quotidiennes au bord de la rivière, il ne fait plus ses exercices dans la salle à manger, il n'accompagne plus la mère quand elle fait les courses, il range la BMW 1971 au garage.

La semaine se termine, puis deux autres. Le père est toujours au lit, il mange de moins en moins, se plaignant d'une douleur au centre de la poitrine. Il répète que ça ne passe pas. Que même les soupes ne passent pas. Alors la mère trouve autre chose, d'autres liquides, et toujours rien ne passe. Les yeux malades sont plus grands tellement le père n'a plus de visage. Un jour, il ne peut plus se rendre tout seul à la salle de bains. L'infirmière lui approche alors un trépied roulant sur lequel il s'appuie, lamentable. Bientôt c'est la mère qui le lave dans la baignoire, qui le rase au lit, et qui hydrate la peau grise qui s'effrite. Et lorsque la nuit il ne dort pas tellement tous ses membres lui font mal, il demande à la mère de le masser partout pendant de longues heures. Beaucoup de gens font un long voyage pour venir le voir. Presque tous le verront pour la dernière fois.

À la fin du mois de février, il ne peut plus se lever du tout, et quelqu'un doit venir l'asseoir dans une voiture qui l'emmènera à l'hôpital recevoir ses traitements. La mère me téléphone et me demande de venir avec l'homme noir, le gendre. Nous arrivons au second étage, rue des Capucines. Le gendre discute avec le malade longuement, surtout de la crise du verglas. Le père tousse beaucoup, et il s'étouffe quelquefois au milieu d'une phrase; le gendre fait mine de rien. Pendant ce temps, je suis dans l'autre pièce, avec la mère qui chuchote. Elle me dit que ça ne va pas si bien, que le père est très fatigué. Qu'il a tellement maigri que rien ne lui fait plus et qu'il s'en rend compte. Très lentement, elle confie que le père ne reprend pas ses forces, parce qu'il refuse de manger. Elle pousse un long soupir. Et puis elle regarde par la fenêtre pour penser à autre chose, mais elle ne pense qu'à ça. Au père qui doit guérir, absolument guérir. Parce que sans lui personne ne sera plus personne, parce que sans lui rien ne vaudra plus rien.

Et puis c'est l'heure d'y aller, la mère vient le dire doucement au père. C'est un moment abominable. Le père sait que son gendre est là pour cela, pour le porter dans ses bras parce qu'il ne peut plus se tenir debout. Il ne veut plus y aller, non il n'ira pas. Un homme malade, très très malade, a l'orgueil têtu. Il voudrait tout à coup être seul dans la chambre, il voudrait que sa fille et son gendre ne l'aient pas vu dans son lit, qu'ils ne soient pas venus, qu'ils n'aient pas vu le trépied près de la porte. Il souhaiterait seulement leur parler au téléphone, leur dire que ça va mieux, que vraiment il ne faut pas s'en faire. La mère nous fait signe de sortir, et elle reste près de lui, longtemps.

Et puis nous rentrons à nouveau, la mère a enlevé le pyjama au père et lui a mis des vêtements propres. Le père aime la mère plus que tout au monde, il ne pourrait pas la décevoir, il sait que refuser d'aller à l'hôpital attristerait son épouse et surtout l'inquiéterait trop. La mère l'enveloppe dans une grande couverture de laine, puis elle l'aide à s'asseoir dans une chaise sur roulettes: le père est prêt. Nous sommes là près de lui, trop près sans doute, nous le regardons étirer les jambes et pousser sur le sol pour faire avancer la chaise. Sa bouche demeure entrouverte au-dessus des mouvements. Il manque de souffle et il bave. Puis il s'arrête, tousse, tousse beaucoup, s'étouffe. La mère lui apporte un peu d'eau. Il recommence, puis il s'arrête au pied de l'escalier. Et lorsque le gendre s'approche pour le soulever, le silence est complet dans le corridor.

La voix du père explique comment le prendre, comment ne pas le blesser sous les aisselles, et aussi l'avertit qu'il n'est plus bien lourd, qu'avec la chimiothérapie un corps maigrit vite. Le père répète ses instructions deux fois, comme s'il voulait retarder l'instant où l'homme noir se penchera sur lui. La voix s'efforce d'être forte, d'être celle qu'elle était il y a à peine deux mois. Puis lorsque le père se tait, le gendre s'avance, glisse lentement un bras sous les cuisses du malade, l'autre dans son dos, et il le prend comme un enfant que l'on serre contre soi pour ne pas l'éveiller. Le visage du père est caché sous la lourde couverture, on n'entend pas ce qu'il dit et on n'en demande pas davantage.

*

Je ne reconnais personne et pourtant ma sœur dit que je les ai vus toute ma vie. Je ne les salue pas, mais qui me réprimandera un jour pareil. Ma mère entre, mes sœurs, moi, et puis eux. Je sens des mains qui me poussent, et des petits sons douteux; alors je comprends que ce sont les tantes, les enfants. Tout est brun, on ne pourra rien salir, les gens doivent être contents, l'endroit est vieux, ça ne sent pas bon. Pourtant on enlève les bottes, les manteaux, il faut montrer les grosses fleurs noires sur nos robes achetées pour l'occasion. Quelques personnes font le signe de se taire. La tension monte alors, les gens se sentent pressés, les mères peignent les têtes à petits coups vifs, les hommes resserrent leur nœud de cravate, puis on se précipite vers le registre dans lequel on inscrit son nom en grandes lettres détachées, le mieux qu'on peut et en prenant bien soin de n'oublier personne. Le registre est important, très important, et surtout les noms qu'il contient.

Le manège va bientôt commencer, on va pouvoir s'aligner, faire une longue file, avancer, avancer jusqu'à ce qu'on ne puisse plus, jusqu'à ce qu'on soit arrêté par quelque chose qui patiente, dit-on, depuis hier soir, bien immobile au fond du couloir, dans la salle, un peu vers la droite, surélevé sur quelques marches de tapis brun, là-bas. Dix heures et demie, et voilà, nous sommes maintenant alignés et prêts pour la parade, le grand-père a dicté l'ordre, lui d'abord, et puis son épouse, ma grand-mère, et puis l'arrière-grand-mère – qui aurait souhaité être en tête –, ma mère, ma grande sœur, puis moi-même suivie des deux cadettes, puis du plus âgé des frères du père au plus jeune, et c'est tout, la ligne s'arrête là au bout de la grande salle, près du mur couvert d'un tapis foncé et poussiéreux. On peut y aller. L'air est sévère et rend le pas extrêmement difficile, je ne sais plus vers où ni vers quoi on avance, je sais seulement qu'il ne faut surtout pas se retourner, et ouvrir les yeux très grand à ce qui nous attend, parce que, à ce qu'on dit, ce sera la dernière fois. Le mur devant grandit peu à peu, et tout à coup, oui, il faut tourner à droite, et c'est là, horriblement là, dans le tournant, que j'ai vu immobile, surélevée, une boîte de bois et de satin blanc. Alors j'ai compris pourquoi on m'y avait menée.

Et ensuite je n'ai plus vu que cela. Pendant des heures. Et ça a duré. C'était étrange, comme si, après six jours de famine et de recherche, s'offraient à nous des images volées, un corps volé, un père enfin, des mains, des bras, un cœur peut-être. Il était revenu, il avait changé d'idée, il s'était trompé d'année, de date, il avait été trop curieux, trop loin, il demandait pardon, il voulait être repris, voulait rentrer à la maison. Tout de suite j'ai reconnu la chemise blanche, et la veste bleue, c'étaient bien celles que ma mère avait choisies pour le vingt-cinquième. Pourquoi? dans quelques instants la fête reprendrait-elle? Il se lèverait, il serait fort et très grand, il aurait ce rire irréversible, puis au milieu des applaudissements, des ballons, des gâteaux, des violons, des lilas, il étreindrait ma mère, l'embrasserait longtemps, et puis levant le champagne blond au bout du bras, il crierait très fort: je t'aime! et ce tout simple je t'aime ferait rougir la fête, dévalerait la plaine, atteindrait la campagne, le village, les petits lits de fer et les douillettes de plumes.

Je me suis approchée, petit à petit, j'ai dépassé la limite, j'ai été trop gourmande, j'ai voulu voir plus loin, un peu plus loin, et j'ai été punie: extraordinairement punie. C'était comme un long tronc gris, coupé à la demie. On aurait dit plus dur que la pierre. Il y avait une main cachée et une autre sur le dessus qui tenait un petit Jésus sanglant. À un des doigts, il y avait un jonc. Et le père, méconnaissable, métamorphosé, plus abominable que sous l'effet de l'étouffement, plus affreux que dans mon souvenir, la tête et le cou atrophiés, le crâne non seulement dégarni mais poli, ciré, frotté, luisant; les yeux sont fermés, on ne pourra plus les voir, jamais, et pourtant on y a superposé comme pour mentir des lunettes épaisses; le nez est plus long, plus effilé, il ressort tel un pic insurmontable, vilain, il est au centre du non-visage, là où se rend chaque ride incohérente et creuse; et puis il y a une blessure, étroite, sous la moustache, on l'a maquillée, rose, rouge, on l'a fermée, barrée, et par quoi? des cure-dents peut-être, plantés dans les gencives, ou alors on l'a cousue avec de longues aiguilles, ou alors on ne sait pas, qui pourrait le dire, qui a fait cela? qui? je me retourne, les têtes fixent le sol, je ne le saurai pas, personne ne dénoncera personne, et je reviens au rouge, au gris, au bleu, au blanc, au bois, mais où sont les jambes? les chevilles? les pieds? quelles chaussures lui a-t-on mises? les a-t-on oubliées? Pourrait-on les avoir oubliées, dans une descente si raide, on ne peut pas, mais je ne me tourne plus pour questionner les étrangers, je suis tout entière à celui qui n'est plus lui, je suis face au rien. Voilà une bonne plaisanterie, jouer à celui qui est mort, on aurait pu les confondre tous les deux, cet homme-là et mon père, ah oui, et pourtant non, regardez donc ce buste gelé et vide, on dirait un tonneau, on pourrait l'ouvrir, on pourrait y entrer et s'y cacher pour attendre celui qui est disparu, celui qu'on attend encore, le père, qu'en dites-vous, ma mère?

Personne n'entendait ma voix. Elle se perdait avant d'atteindre les visages autour de moi. Mon père ne pouvait être celui qu'on exposait. Et plus je le regardais, plus ses traits se rapprochaient et se différenciaient de ceux que j'avais aimés. Où était-elle donc, cette douceur que ma mère avait épousée? Un visage noir, tordu, tout asséché, infiniment maigre, je n'en reconnaissais rien de rien. Mais le temps passait, et l'immobilité de la détresse sur mes sœurs et ma mère me couvrit soudainement d'une froideur sans pareille, et je me suis mise à douter moi-même de ce que je voyais. Alors, alors c'était lui? Mais quelqu'un avait dû étirer la peau des joues pour l'agrafer dans la nuque, ou il avait été battu, ou encore noyé au fond de la mer bleue. Et tout à coup, je me rappelle les deux hommes. Les deux voleurs qui, un jour, il y a mille ans semble-t-il, étaient venus à la maison un instant, et après cet instant, étaient disparus, et l'amoureux de Mozart et celui de ma mère. Alors c'étaient eux, mais où l'avaient-ils mené, que lui avaient-ils fait exactement, que lui avait-on infligé de plus que la mort? J'en devins froissée, émue, tout horrifiée. Après nous avoir quittées, mon père avait donc connu l'enfer. Et comment pouvait-on espérer à présent un repos d'ange si l'âme avant ses adieux au corps avait été saccagée?

— Déjà?

Ma sœur me fait signe que oui, qu'il faut me pousser, qu'il y a beaucoup de gens qui attendent derrière moi. Que la règle est la suivante: chacun doit pouvoir bénéficier du même temps auprès du corps. Un homme mort appartient à tout le monde. Je rejoins la file qui se trouve à gauche du cercueil. Et je regarde. Toutes les deux minutes, il y a quelqu'un qui s'avance tout près, qui touche à la main blanche, caresse du bout des ongles le petit Jésus mêlé aux doigts. Les sœurs et les frères du père se mettent à pleurer lorsqu'ils baisent une dernière fois la tête du mort sur le satin. Et puis ils se retirent pour laisser la place au suivant, et puis ils se dirigent vers notre file, et c'est à ce moment-là que commence la litanie des *mes sympathies, ma fille.*

... Je t'ai écrit hier, je t'écris aujourd'hui, je conti-
nuerai de t'écrire jusqu'à la fin de mes jours. Tu me
manques, tout me manque, et n'est-ce pas là l'essentiel
de ce qui reste de ma vie?

Je t'écris pour te dire que tu ne peux continuer à
faire le mort. Que ce jeu a assez duré. Je ne sais pas ce
que tu fais, où tu es. Je sais seulement que, ce soir, le vent
est si fort qu'il entre à grands coups de bélier dans la
chambre et qu'il doit te fouetter les côtes. Qu'attends-tu
donc pour nous revenir? Mon pressentiment est-il justi-
fié? Est-ce bien cet intrus auprès de ton épouse qui te
fait hésiter? Est-ce bien lui qui t'a fait fuir? Sache que je
le tuerais pour toi. Oui, sache que ta fille est prête à tout
pour te faire revenir parmi nous. Regarde comme je te
ressemble: toujours prête à mourir ou à tuer.

Quand on me demande ce que fait mon père, je dis:
Mort. Mort mort mort. Après, on ne demande plus rien.
Ton décès me permet d'être encore plus sauvage avec les
gens. J'ai ce pouvoir maintenant de les effrayer, de les
garder à distance, et on pourrait croire que je porte en

moi cette mort-là aussi, transmise de toi à moi. C'est un bel héritage, tu sais. Tu te rappelles, j'étais petite, très petite et j'étais déjà insatisfaite, je n'aimais rien et je ne supportais personne. Les années noires étaient donc mon destin. Lire ceci te fait pleurer. Tout à coup ton visage m'apparaît, et je le regarde pleurer lentement. Allez, allonge ton bras, pose ta main sur ma tête. Reste ici. Je t'en prie, ne me laisse pas.

Je t'écris pour te dire que, sans toi, il n'y a plus personne. Sans toi, je suis vraiment seule au monde et destinée à la solitude. Le savais-tu en partant? Savais-tu que je ne voudrais jamais me remettre d'un tel événement? Probablement... oui, et peut-être que c'est pour moi que tu as voulu mourir rapidement et sans rien laisser. Le samedi matin, tu tenais à ce que je voie ton étouffement, tu tenais à ce que je touche le durcissement de ton corps. Tu avais raison, cette mort-là m'a séduite tout de suite. Aujourd'hui je ne fais plus que cela, écrire sur elle et sur toi. Je te remercie cent fois, je te hais cent mille fois.

Je t'écris pour te dire que le temps n'arrange rien. Ton départ précipité a fait pousser dans mon cœur des rosiers qui ne fleuriront jamais. Au matin, je m'éveille souvent avec au fond de la bouche le goût amer de ton absence et les blessures des petites épines. Il est impossible de ne pas souffrir en t'écrivant. Pourtant, je ne sais pas comment faire pour ne pas t'écrire.

Vole-moi. Je t'en supplie, vole-moi. Je crois que tu ne comprends pas mon malheur, le malheur d'une vie sans toi. Tu ne comprends pas que tout ce que j'espère, c'est quitter ces gens qui t'ignorent, abandonner ma petite vie d'orpheline, pouvoir me jeter dans la terre et te trouver, me blottir contre toi, t'étreindre un infini moment et attendre que l'hiver cesse, que le printemps vienne, que les mois deviennent des années, que la ruine du temps me détruise peu à peu et m'enterre à côté de toi.

Je te le dis: ma vie sans la tienne ne vaut rien du tout, et je n'en veux plus. L'écriture de ta mort, tu as eu tort, ne me suffit pas, ne me guérit pas. Il faut que je te voie, il faut que je te parle. Tu ne réponds jamais à mes lettres. Les lis-tu au moins? J'ai parfois l'impression que le vent ne se rend pas jusqu'à toi. Que ses grandes mains ne te trouvent pas dans le noir du tombeau. Que mes lettres se perdent sans jamais être lues. Que les mots meurent avant même d'être touchés un seul instant par le bout de tes doigts. Que ce sont les griffes du temps qui usent ces pages et les dévorent. Enfin, que j'écris pour ce vide qui nous sépare et rien n'est plus déchirant que d'attendre le courrier des morts.

À l'automne, c'est moi qui suis choisie, seulement moi qui suis choisie pour aller avec lui chez le docteur. Nous sommes là pour savoir, savoir ce qu'il y a dans ses poumons. On ne sait pas à quoi s'attendre, mais on n'imagine pas un malheur, parce que les malheurs n'arrivent toujours qu'aux autres. Nous nous assoyons dans le cabinet. Et puis le docteur demande au père s'il préfère que sa fille sorte, ce à quoi il répond non, bien sûr que non. Le docteur va donc droit au but: le CANCER. Celui qui est vorace et qui, en un rien de temps, grimpe dans tous les organes. On parle d'une espérance de vie de six mois, un an tout au plus. Donc peut-être pas la peine de faire de la chimiothérapie, la souffrance n'est peut-être pas nécessaire, non, tranquillement tu vas perdre des forces, et puis l'appétit, et puis tu vas être si faible que ta vue va diminuer, et ça va aller ainsi de moins en moins bien, un jour tu ne pourras plus conduire ta voiture, ni sortir de ta maison, et c'est simple comme ça, oui simple comme ça, tu vas dégénérer peu à peu comme un petit oiseau, et avec un peu de chance, tu vas partir dans le sommeil.

Nous sortons. Le père doit souffrir terriblement avec les mots du docteur en lui, mais il ne dit rien de cette souffrance-là. Dans la voiture, celui qui vient d'apprendre la nouvelle de sa mort, qui vient d'apprendre que tout est fini, que sa vie d'homme est finie avant de fêter ses cinquante ans, qu'il va devoir annoncer cela à la mère, lui dire qu'il est déjà trop tard, que les médecins ne pourront rien pour lui. Qu'il aurait fallu venir bien avant. Dans la voiture, il y a aussi moi. Un moi qui pense à des choses inconcevables.

C-A-N-C-E-R. On n'aurait pas pu inventer un autre mot, celui-là est parfait. On imagine tout de suite un corps qui va être picoré, grignoté à petits coups de morsures et qui va maigrir, maigrir jusqu'à disparaître. Le miracle est impossible avec un diagnostic pareil. On entend deux claquements, CAN-CER, le corps qui est frappé par la nouvelle, et qui tombe. Le terme est superbe, superbe parce qu'il aura un effet extraordinaire sur les gens. Extraordinaire et dévastateur. Je le répète dans ma tête. C-A-N-C-E-R. Je pense au mal qui va cerner mes yeux et ceux des autres autour de moi. Je pense surtout au drame dans la maison. À la mort qu'on pourra voir de très près. Et peut-être sentir, et peut-être toucher. Je pense au jour où elle va se produire devant moi.

Je suis bouleversée, curieuse, désagréablement bouleversée et curieuse. La mort d'un père pourrait produire une souffrance suffisamment colossale pour faire un livre, pour aller jusqu'au bout d'un premier livre, je le sais. L'annonce de la mort du père n'est pas là pour rien, me dis-je, elle est là pour moi, assurément et enfin. L'attente du plus grand désastre est exaucée et la mauvaise nouvelle est en réalité une bonne nouvelle, une excellente nouvelle qui va renverser ma vie, qui va me retirer du monde et me tenir à la gorge jusqu'au dernier mot écrit. Non, on ne pouvait espérer mieux. Faire mourir le père dans le livre, avant même qu'il ne meure dans la vie. Apprivoiser la perte et l'attirer tout doucement dans notre maison. Écrire la ruine du père comme on achèterait une tombe avant que le cœur du malade ne cesse de battre. Oui, ma vie commencera là où la sienne finira.

Il pense à la scène du retour, la mère dans l'entrée qui nous attend depuis trois heures et qui demande ce qu'il pouvait bien y avoir dans ses poumons. Il ne croit pas un mot de ceux que le docteur a dits et c'est mieux ainsi, car un homme qui se sait vaincu dès le début construit lui-même son cercueil et a hâte de s'y coucher. Le père cesse de regarder la route, et nous nous enfonçons dans la forêt opaque.

*

Quatre heures et demie s'étaient ajoutées aux siècles lorsque s'est déployée dans la chambre des maîtres la plus inconcevable des révérences. Obéissant à la voix qui nous parvenait déchirée par l'entrave des dents, Mozart, le plus grand ami de mon père, prit place dans la pièce et le génie fit son concert comme si de rien n'était. Les voix du *Requiem* s'infiltrèrent partout.

Le samedi 4 avril, rue des Capucines, un avant-midi rempli de soleil. La nuit a été mauvaise, très mauvaise. Les métastases ont copulé sauvagement et se sont frayé un chemin jusqu'au cerveau. Vers neuf heures du matin, l'odyssée funèbre est bel et bien dans la mâchoire. Le père parle et il nous est presque impossible de comprendre ce qu'il dit. La bouche est raide, comme si elle n'était ni ouverte ni fermée, et les sons sortent en désordre. Il tient pourtant à continuer, et personne n'ose lui dire de laisser faire, de se reposer.

En se concentrant très bien sur le père qui gesticule, on arrive à comprendre qu'il parle de cette difficulté de respirer. De cette angoisse que le mucus très épais se stabilise soudain dans sa gorge et l'étouffe. Il a peur de manquer d'air. Nous le rassurons, lui répétons les paroles du docteur, que ça ira, qu'il doit respirer lentement et surtout cracher souvent, que ça va aider à libérer les poumons et l'œsophage. Le père crache, il crache sans arrêt. Sa bouche, sa langue, ses dents, ses mains bientôt se battent avec l'interminable filament jaunâtre et obstiné. Les mouchoirs se remplissent, la sueur apparaît sur les tempes du malade, il se fatigue, et il continue, il continue de cracher dans les mouchoirs le mucus qui semble se durcir et s'étirer encore et encore.

Et puis il cesse. Il s'étend sur les draps humides. La lumière entre dans la chambre au second étage. Elle se pose sur nos cinq visages. Le père dit enfin clairement que ça ne va pas. La mère se lève alors d'un mouvement vif et va téléphoner au docteur, lui demander ce qu'il faut faire. Le père profite de cet instant pour tenter encore de dire des choses, et il dit l'essentiel: son vœu le plus cher est que la mère garde cette beauté extraordinaire, et surtout qu'elle ne cesse jamais de porter des robes. L'épouse revient avec un demi-comprimé de morphine qui devrait calmer la douleur dans la poitrine du père. Peu de temps après, le brouillard s'est répandu dans le corps et alors la respiration se régularise.

La docteure surgit dans la chambre. Nous la saluons poliment tout en lui souriant. Elle s'approche du lit, elle regarde le père qu'elle connaît bien, lui demande comment il va. Il a beaucoup de mal à articuler. Son souffle s'accélère peu à peu, sans doute parce qu'il veut expliquer son angoisse et qu'il n'y arrive pas. Le père est assis droit dans le lit et la docteure lui indique en appuyant sur son dos de se pencher vers l'avant. Sa respiration est obstruée, de plus en plus, fatalement obstruée, et les doigts tout à coup s'agrippent au drap. La docteure parle calmement et répète au père de continuer à respirer, surtout de se concentrer sur cela. La docteure qui parlait doucement parle de plus en plus fort. Bientôt elle va crier parce que la montée visqueuse est insatiable, et les inspirations maladroites, embarrassées par le mucus. Le visage se fend en deux, une fois, deux fois, trois fois; le visage rouge et noir se bat pour voler de l'air, mais la tâche est impossible et l'infection mousse, tournoie, s'élève avec emportement dans l'œsophage; la docteure crie parce que l'interminable filament jaunâtre et coriace pend par la bouche et parce que même les dents n'arrivent plus à le trancher; le père obéit à la voix qui lui hurle de lever les bras, de pencher le corps vers l'avant, de se concentrer, de se concentrer encore, de ne pas abandonner, il entend la voix qui hurle que ça va mieux déjà, non, ne cesse pas de respirer, contrôle ton souffle, allez les bras à l'avant, allez ne pars pas tout de suite, surtout ne pars pas tout de suite... Et avant que la tête n'entende plus rien, le corps mouillé continue encore à se battre, et nos mains se cramponnent encore à celles du père, à ses bras, à ses jambes, mais la noyade est là, entre nos doigts, une noyade exacerbée et sans pitié qui veut et va tuer.

L'éruption est féroce. Le mucus épais s'immobilise dans le tronc, un instant, et puis un second instant, et puis infiniment. Le corps cède alors et se fend en de longues ouvertures qui se dégorgent aussitôt. Enfin, la Mort, tel un matador futé, vient enfoncer son croc dans la nuque du père, et le fait basculer vers l'arrière. Le dos frappe le drap froissé, un petit bruit sec dans la chambre, et puis rien.

... Je ne dors presque plus. Je laisse ma part de sommeil aux autres. Je vis intensément pour que la vie me brûle le plus vite possible. Je t'écris aussi, jusqu'à ne plus savoir quoi t'écrire.

Hier, c'était ton troisième anniversaire, et le grand-père a payé le prêtre pour qu'il cite ton nom en fin de messe. Les gens riches payent pour toutes sortes de choses. Ta Lucia n'est pas venue. Elle est restée au chalet avec l'étranger. C'était en effet une belle journée pour faire du rangement et pour s'asseoir près du lac et regarder tomber le soleil dans l'eau. Personne n'a rien demandé. Moi je ne comprends rien, et je crois que peut-être il n'y a plus rien à comprendre. Tu lui demanderas toi-même lorsque tu reviendras. Tu verras avec elle.

Après la messe, il a fallu se rendre au cimetière. Une visite absurde dans un grand parc rempli de fleurs en plastique rouges et blanches. Tes parents, tes sœurs et tes frères sont persuadés que tu es encore couché dans ton cercueil, comme si tu n'avais que cela à faire, attendre nos visites. Ils tenaient à te parler, à te dire n'importe quoi, alors ils ont dit n'importe quoi devant ta pierre tombale et ils ont paru soulagés. Nous sommes restés là longtemps, trop longtemps, si longtemps que les cousins se sont mis à courir et à jouer autour des arbres. Ensuite nous sommes tous allés à la maison de tes parents, et nous avons mangé ce que nous mangeons toujours lorsque nous y allons: un bouilli, des pommes de terre avec beaucoup de beurre, des tomates coupées en tranches, des olives vertes et du pain blanc. Les gens étaient satisfaits et ils ont discuté dans le salon tout l'après-midi.

À l'heure où je t'écris cette lettre, je suis assise dans le parc, face à l'étang. Je fume des cigarettes, et la fumée se mêle au soleil sur mon visage. Les passants voient une jeune fille qui semble fumer depuis toujours et qui n'arrêtera jamais. Même avec le cancer qui la guette, même avec un père mort du cancer du poumon. Une jeune fille entièrement brisée, entièrement heureuse, et qui semble attendre un quelque chose qui changerait sa vie. Les sœurs disent que c'est scandaleux de faire brûler dans ma bouche des petits bouts de mort, mais leurs reproches ne m'atteignent pas. Je ne vois pas d'autre désastre que celui de ton départ, et devant moi la vie continue, et elle me chante que tu es peut-être là au coin de la rue, que tu viendras t'asseoir à côté de moi, fumer à côté de moi.

Oui, je me suis mise à fumer comme toi. Beaucoup, et tous les jours. Ne te fâche pas. La fumée m'étourdit, elle me fait rouler dans ta mort comme dans un grand champ de roses. Comme si à chaque cigarette j'étais un

peu plus près de toi, ou un peu plus près d'une destruc-
tion qui me mènerait à toi. Je ne cesserai jamais de te
rechercher, et je vais rester libre comme le vent jusqu'au
dernier jour de ma vie, comme tu l'as été toi aussi. Ne
m'arrête pas, laisse-moi fumer ces longues cigarettes qui
me font tousser, laisse-moi sentir ce mal qui me fait du
bien.

Demain, je vais encore t'écrire. Demain, tu vas encore recevoir une lettre de moi et la mettre de côté.
Sache que je vais continuer de t'écrire jusqu'à ce que tu
ne puisses plus résister à mes appels, jusqu'à ce que tu
viennes me prendre dans tes bras.

D'ici là, je fixe l'étang, j'écris et je t'attends.

2

Le consul

C'était il y a longtemps. C'était à l'époque du blanc, de la richesse des Blancs. Des robes scintillantes portées par la mère et par toutes les mères des ambassades étrangères. Les bijoux en or achetés chez Diamant Rose et le basin brillant cousu sur mesure par Diabaté. C'était aussi dans l'un des pays les plus pauvres au monde. Dans le papillon handicapé par la sécheresse et par l'harmattan qui traîne son sable vers le sud. Un territoire plat sans accès à la mer.

Il faut descendre dans la fournaise de la capitale et prendre la route vers le nord. Traverser l'immense étendue de quartiers en boue séchée. Franchir le pont sur le Niger et continuer droit devant jusqu'au long boulevard de Koulikoro. S'aventurer dans son courant surpeuplé et continu de piétons, de taxis, de charrettes, de mobylettes, de voitures usées et offertes au départ de la vieille colonie. Il faut voir à sa droite trois fois «Rôtisserie», trois fois la fumée épaisse du charbon, trois fois des hommes accoudés à un mur de ciment qui mangent la chair dure des vaches du pays. Il faut voir le petit restaurant libanais où on mange des frites à l'américaine, là où les serveurs sous quarante degrés à l'ombre portent un nœud papillon et un costume bleu marine en toile très épaisse. Il faut croiser le coiffeur, une petite paillote, une chaise et un miroir, un drap blanc taché par la mousse noire et crépue qui vole au vent. Puis il va y avoir des arbres au milieu de la route, d'énormes arbres verts qui à partir de cet endroit vont fendre la pagaille en deux. Patienter, continuer. Laisser passer plusieurs fois les troupeaux de sabots qui traversent les deux voies du boulevard, suivis par des enfants miniatures qui donnent de gros coups de bâton. Attendre le bâtiment le plus connu et redouté de la capitale. La seule construction du Koulikoro de plus d'un étage, achalandée jour et nuit, où l'on loue à coups de quinze minutes et trois cents francs CFA des sexes noirs sur des lits de fer: *L'Hirondelle,* vingt-sept chambres. C'est après, juste après qu'il faut tourner sur la première rue à droite, rue des bougainvillées et résidences sous surveillance, aussi rue des chiens maigres, rue de la faim et des cases en banco. Au bout, derrière la palissade de verres cassés, c'est là que s'est écoulée, il y a longtemps, l'époque du père qui était Consul et, surtout, l'époque de la vie.

Chaque jour de la semaine, la routine: il se lève le premier à l'heure où le muezzin monte dans le minaret pour faire l'appel à la prière. Le Consul porte un habit choisi par la mère la veille, fait un tour de la piscine impeccable, prend son café noir et fume trois cigarettes en regardant les oiseaux qui viennent avaler les moustiques sur le grand bassin bleu. Puis il est prêt à partir, traverse le couloir blanc, le garage, la palissade, salue poliment les deux gardiens de la villa, le chauffeur, puis disparaît dans la poussière rousse. Le consulat est à cinq minutes de la villa, une grande construction beige avec des barreaux en fer dans chaque fenêtre et un drapeau rouge et blanc hissé au bout d'un digon planté dans le sable. Parfois, rarement, le Consul quitte la ville pour des missions dans les plaines quasi inhabitées du Sahara, ou encore au cœur des savanes du Sud. La plupart du temps, il travaille dans son bureau climatisé qui sent le cuir des meubles venus d'Occident. Partout les gens le connaissent. Effectivement, les discours du Consul séduisent tout à fait, et ses affirmations se répandent sur les carreaux brillants comme sur les nattes de paille. En fait, le Consul réussit à rassurer un peuple qui a peur et qui vit dans la misère. On ne sait pas pourquoi, il n'est pas le premier à vouloir aider, mais on le croit. On croit encore une fois à la puissance des millions de dollars que le consulat investit chaque année dans les projets de plusieurs millions d'habitants.

Très tôt, peut-être depuis l'enfance, le Consul a la certitude que le travail est ce qu'il y a de plus essentiel au monde. Il répète à la foule, et à ses filles: «Il y a trois choses importantes dans la vie: le travail, le travail et le travail.» Il y a longtemps, le Consul n'était pas Consul mais vendeur de boutons de porte en porte, dans une petite région d'une province de l'Est de son pays. Aujourd'hui, sa routine de tous les jours consiste à faire pousser une oasis d'espérance dans le large carré de sable qu'est le Sahel. Ainsi, derrière la blancheur de la villa et les vitres blindées du véhicule diplomatique, il y a la tête du Consul qui pense, qui fatigue, qui travaille, il y a la force infinie du Consul, et l'épuisement embryonnaire qui se loge en lui au rythme des petites tiges vertes qui sont plantées l'une après l'autre dans le sable aride.

Sur les étagères d'ébène, le Consul a une collection surprenante de chevaux en bois, en métal, en bronze, en marbre, en paille, en pierre. Ils sont entre les livres de multiples pays et voyages. Lorsqu'on reçoit à la villa, le Consul adore inviter les gens au salon, profiter de leur présence pour raconter encore l'origine de chacun des petits chevaux. Sa mémoire est d'ailleurs infaillible et rappelle les détails qui rendent les histoires simples stupéfiantes. Les invités écoutent le Consul en dévorant des canapés. Un certain dimanche, il achète et fait venir des plaines un étalon qu'il place au centre hippique. Un cadeau pour moi, pour moi seule. J'ai quinze ans, j'aime tout ce que le Consul aime, surtout la collection sur l'étagère. Il m'emmène le lendemain, me montre le petit cheval arabe et aussi comment lui parler, comment passer derrière lui en mettant la main sur sa croupe, comment brosser sa robe de jais et poser sur elle la selle anglaise. M'approchant incessamment du cou du petit cheval arabe, j'apprivoise rapidement cette odeur du crin noir. Le Consul est là entièrement pour moi, pour répondre, pour écouter, pour me regarder toucher la bête. Je lui demande alors toutes sortes de choses pour rester le plus longtemps possible auprès de lui; comme tout le monde, j'écoute et je crois tout ce que le Consul dit. Le mois suivant, le Consul et moi sommes au grand galop dans un hippodrome, et la vitesse des deux chevaux est égale, entretenue par la compétition qui accélère la course. Tout à coup je prends conscience du danger, alors je crie dans l'agitation de la foulée qu'il suffit d'un petit écart des bêtes pour que le sol nous reçoive et que les sabots nous piétinent. Sans tourner la tête, le Consul répond: «Il ne faut pas avoir peur de la mort, on ne peut rien contre elle.» Quelques semaines plus tard, il cesse de monter à cheval, faute de temps. Mais en soirée, après chaque jour de travail et pour les années suivantes, le Consul vient s'asseoir dans les estrades. Ainsi, pendant que s'effectue le transfert violent de la passion de père en fille, je tourne en rond dans une clairière de dune.

À cette époque, je ne pouvais pas savoir, imaginer la mort à venir. Je vis dans un avant, un avant tout. Un bonheur extraordinaire sur un continent extraordinaire. Je suis dans cette insouciance d'une vie sans deuil où la perte des parents et celle des sœurs est inimaginable. Le Consul qui n'a peur de rien ne pourra pas mourir. D'ailleurs, il construit des puits pour les femmes, fait bâtir des écoles, va à l'église le dimanche et adore sa Lucia. En face de la villa, il pose aussi une grande cuve en terre cuite et demande aux gardiens de veiller à ce que l'eau soit toujours fraîche pour les piétons. Avec la routine, la passion, le travail, non, le Consul n'aura jamais le temps de se coucher pour toujours. Il affirme qu'un jour il va écrire, mais que pour l'instant, il doit travailler. Moi je le copie sans effort, j'espère être comme lui, je veux être la préférée, sa préférée. J'étudie dans un lycée choisi par le Consul, et je monte le petit cheval arabe qu'il m'a offert. Il faut être la première, ne pas perdre de temps, il y a tellement à faire dans cette vie. Mais les années passent et le samedi 4 avril rue des Capucines est déjà inscrit au calendrier avec de petites griffes d'encre.

Le Consul ne parle jamais d'un départ possible. Il adore le pays qui est mangé par le désert. Il veut y rester à demeure, et répète que la situation économique, politique et sociale est meilleure que celle d'hier, et que celle de demain sera encore bien meilleure que celle d'aujourd'hui. La foule sourit tandis que la mère, les sœurs et moi nous installons dans la villa avec l'intuition que c'est pour toujours cette fois-ci que l'on défait les bagages. Pour la famille du Consul, le marabout prédit de l'abondance, du bonheur, et aussi à tous une vie très longue. Je me rends sur la colline, dans sa petite maison de boue. Le marabout nous connaît bien, je lui ai raconté tout ce qui se passait dans la villa. La confiance en lui est absolue; nous nous assoyons sur la natte et je le regarde cracher sur les koris beiges qu'il frotte ensuite dans ses mains. La rencontre est longue, la bouche doit cracher plusieurs fois afin de permettre aux yeux du marabout de voir l'avenir. De fois en fois, les koris répètent la même prédiction heureuse et, surtout, l'absence de malheur à venir.

Après un voyage sur le fleuve en juin, le Consul a décidé que nous rentrions tous au pays quelques semaines afin de prolonger les vacances. On a donc remercié les gardiens, remonté la rue des bougainvillées et des cases en banco, suivi le boulevard de Koulikoro, franchi le pont sur le Niger, traversé les quartiers en boue séchée, pris la route vers le sud, quitté la fournaise de la capitale. Les vacances ont été de vraies vacances pour le Consul, qui s'est étendu au deuxième étage rue des Capucines et qui a attendu le samedi 4 avril. Aujourd'hui, tout est fini, tout. Le présent a l'air d'un grand rien vide qui sent le froid de la ville. Nous sommes loin du blanc de la villa, très loin, encore plus loin du fleuve. Nous sommes dans un ailleurs où les jours passent si rapidement qu'on ne se rappelle plus ce qu'on a fait la veille, la semaine dernière, et encore moins le mois précédent. Dans cet ailleurs de l'Occident, les gens sont fiers d'annoncer qu'ils ont fait leur deuil, qu'ils ont oublié ce qui a fait mal, et que maintenant ils recommencent quelque chose de nouveau. Il est très intéressant de voir ceux qui ont aimé avec de longs couteaux tranchants en train de fendre la vie en deux, avec d'un côté les yeux jaunes et magnifiques du père scellés dans un cercueil, et de l'autre une aventure toute neuve sans égratignure, une vraie vie qui vient d'être achetée vierge et qui sent le plastique neuf. Les sœurs se séparent et étudient dans des villes différentes, la mère se remarie à l'église, et bientôt le décès a un, deux, trois, puis quatre ans et on ne parle toujours pas de lui. Je me dis qu'il faut faire quelque chose, lui donner une bouche, oui, écrire.

Je travaille pour le Consul qui ne pourra pas être déçu. Je travaille, travaille et travaille dans la grosse masse noire du deuil, afin que les petits chevaux de bois, de métal, de bronze, de marbre, de paille et de pierre reprennent leur place sur les étagères. Heureusement, le Consul fait encore chez moi des visites avec son habit du vingt-cinquième. Il vient surtout la nuit. Il sait où me trouver, dans le sommeil du grand lit bleu. Chaque fois je me réveille en sursaut, je pleure abondamment, je dis à mon mari que le père est là, vraiment là, et alors je me lève et je suis prête à le suivre n'importe où. Généralement nous allons dans la chambre d'ecriture, et alors c'est comme avant, le Consul parle lentement en répétant les mêmes histoires stupéfiantes; moi, je me tais et je note. Le jour, je ne sais pas où il est. Peut-être que Dieu lui enseigne comment se cacher.

Hier après-midi je marchais sur le trottoir avec une poussette. Je portais des chaussures à talons blancs. Les voitures circulaient lentement et les hommes sortaient leur tête pour mieux voir la robe courte en coton vert et la rangée de boutons à l'avant. Une vieille dame me suivait, elle portait une perruque épaisse et un imperméable bleu délavé, serré à la taille par une ceinture en nylon de couleur plus claire. La vieille dame n'avait pas de petit sac sous son bras, et ses grosses mains d'homme étaient enfouies dans ses poches. Puis elle m'a rattrapée, et à cet instant précis où mes talons blancs se sont écorchés en s'immobilisant sur le trottoir de ciment, une histoire s'est engagée. Ç'a duré longtemps, elle et moi. J'aimerais écrire sur cette histoire-là, rue Saint-Hubert, sur les femmes excessivement pauvres de l'Occident, sur le désastre magnifique de l'Occident. Je ne peux pas. Je ne participe plus au roulement du monde. Je suis dans la chambre d'écriture, cloîtrée dans un avant qui sent le fleuve et les Marlboro qui brûlent. J'écris sur le souvenir du Consul qui frappe en aveugle à coups de machette. Écrire sur autre chose demeure impossible...

*

Nous entrons dans ce monde du fleuve, jardin humide qui vibre d'insectes et royaume boueux sur lequel le commerce transite d'un pôle à l'autre du pays. Sur chacune des rives, des campements temporaires de pêcheurs, mais surtout, l'étendue désolée du Sahel. Le glissement est très lent, ralenti par la disette de la pluie des mangues et davantage par la surcharge incroyable du ferry. Il s'agit du dernier voyage avec le Consul. Nous l'ignorons parfaitement. C'est merveilleux. Juin vient de commencer.

Depuis des heures déjà nous sommes debout sur le pont supérieur, celui de la classe de luxe, séduits par la pluralité des bras du fleuve qui s'enfoncent dans les sables et vers le nord. Nous contournons parfois quelques petites îles qui surgissent au ras des flots, couvertes d'herbes, de plumes et de becs. Nous croisons de frêles esquifs de pêcheurs secoués par les remous que provoque notre passage. De temps en temps, le spectacle d'un troupeau qui traverse le fleuve à la nage. Et tandis que le Consul commente ce que nous voyons, le soleil descend, descend encore, et bientôt, parallèle au flot, il s'étend en une grande raie orange qui flotte à l'horizon. Le Consul fume les cigarettes de la contrebande dans la nuit qui tombe.

Sur le pont inférieur, les billets du voyage ont coûté le cinquième de ce qu'ont payé les Blancs pour se voir servir des repas et offrir des couchettes à l'étage. Je descends quelques marches et je m'assois pour observer ce qui se passe au niveau du fleuve. Ça sent le thé vert très sucré mais aussi le poil des chèvres entassées entre les sacs de fibres plastiques bleu blanc rouge et les poules brunes. Les enfants sont autour des mères et les mères autour des hamacs. Dans les hamacs, les hommes jasent en se donnant de petites poussées avec les pieds. Sur le pont inférieur, on parle bambara. Je suis assise dans l'escalier de béton, j'ai les jambes croisées et j'adore être là pour regarder. Sur une natte est étendu Sékou, un homme à la retraite qui possède quatre femmes et plus de dix-huit enfants. Quatre de ses filles se prostituent pour aider les mamans à acheter le mil. Diallo quant à lui est encore à son premier mariage.

Issus lui et sa Fatouma de familles pauvres, il doit pour manger récupérer de vieilles chaussures dans les ordures pour ensuite les revendre. Mais maintenant, il n'y a plus assez de vieilles chaussures. Mamadou est un chauffeur au chômage et il n'a aucun moyen de s'occuper de sa famille. Sa femme est enceinte et passe ses journées en ville accompagnée de ses jumeaux pour mendier quelques pièces dans des boîtes de sauce tomate rouge. Samba a passé les dernières années à fréquenter une bande de délinquants et à se droguer avec de la colle. Appréhendé trois fois par la police, il a été chassé du quartier. Il y a aussi Seydou, Abdoulaye, plusieurs Moussa, Toumani, Alpha, et d'autres qui sont là dans les hamacs et qui font le voyage jusqu'à la boucle du fleuve, et encore plus loin dans les terres de sable. Les hommes sur le pont inférieur vont presque tous dans la même direction: Taoudéni, une mine saline au centre-nord du désert. S'ils ont la santé, les hommes vont passer quatre, cinq, peut-être six mois à piocher avec de la ferraille dans les épaisseurs fauves et à découper avec des outils faits sur place des dalles de sel. Ceux qui partent pour Taoudéni sont beaucoup plus pauvres que les pauvres du monde. Ils le sont un peu moins lorsqu'ils reviennent mais ils sont encore beaucoup plus pauvres que les pauvres du monde.

Le vent de la nuit ondule sur le ferry. À l'étage, les Blancs sont allés dormir dans les couchettes et se sont couverts avec les draps. Plusieurs ont enduit leurs bras et leur cou d'huile anti-moustique. Sur le pont supérieur, plus personne pour regarder le fleuve, ni même le Consul, qui ronfle avec absurdité. Je ferme donc derrière moi la porte de ma cabine.

— Tu dors encore? demande Scarabée, la petite sœur qui a les cheveux blancs, délavés par le soleil du désert.

Il est sept heures, les gens s'activent inutilement, impatients de la suite du voyage, l'arrivée au port n'étant prévue que pour beaucoup plus tard. Attente... Sous le soleil excessif, le bateau continue de glisser sur le long ruban du fleuve qui passe du noir au brun, au vert pâle. La fatigue a un pouvoir hypnotisant, et peu à peu, le temps se perd. Les heures ne comptent plus rien, ni même les minarets blancs qui se dressent à intervalles réguliers sur la berge. Nous sommes dans la durée de l'espoir, ou plutôt non, dans la durée du vide, du glissement du ferry, de la perte du regard. Le désert plat nous suit sur chacune des rives, mais nous ne voyons plus la longue voile cassée qui longe le bord opposé, non plus le troupeau de chèvres fauves qui dévale la dune de sable clair jusqu'à l'eau, ni les femmes qui font des corvées de bois et d'eau, ni les villages, ni les murs en terre séchée, ni les basses maisons de banco à toits plats. Peut-être l'un de nous va-t-il faire la sieste dans sa couchette, peut-être un autre se rend-il sur le pont inférieur pour prendre le thé, je ne sais pas, personne ne le sait car cela fait un temps inestimable que les regards sont tournés vers l'eau et vers le vide qui s'additionne au vide. Le fleuve et partout le silence, et le sable. Et puis le Consul se met à tousser brutalement. Et puis: «Regarde, me dit-il. Regarde devant, l'énorme pinasse qui a chaviré à cause du vent.» Je vois l'accident et surtout les dizaines d'hommes tentant de rattraper la cargaison qui fuit dans le courant. «Le voyage va reprendre après des heures, continue le Consul, et peut-être même après des jours d'immobilisation, car tu sais, ici, on ne comptabilise pas le temps.» Quand le naufrage devient une toute petite tache brune et multicolore, tout près du bac, des pirogues creusées à la hachette dans des troncs d'arbres viennent vendre du poisson. Ensuite, d'autres pinasses remplies de bêtes et d'hommes enturbannés se multiplient. Les rives se resserrent, et sur elles, l'éclat de l'eau savonneuse, les tissus colorés et les mains noires qui frottent. Du ferry nous pouvons maintenant voir le port qui approche, et aussi les enfants vendeurs qui courent vers nous avec parfums, dattes, arachides, médicaments, montres Rolex et sorbets de dah rouge vif. La *ville mystérieuse,* celle qui est racontée dans les livres, est devant nous.

Ici, il y a beaucoup d'histoire et beaucoup de vent, raconte le Consul que nous suivons dans les ruelles. Il explique que les trois mosquées servent de points de repère pour les touristes. Que toutes les portes des maisons en banco et calcaire blanc sont fermées afin de garder la fraîcheur et préserver les vestibules du sable. Que les dromadaires assurent le transport des barres de sel de Taoudéni. Plus tard, nous nous arrêtons pour manger un couscous noir et boire du coca-cola-sans-glace-s'il-vous-plaît. Le Consul qui discute avec les serveurs s'apprête à offrir un petit drapeau rouge et blanc quand apparaît une cargaison d'étrangers en tenue kaki d'explorateur. Les serveurs sortent des petites tables en bois et leur servent le menu de tous les jours, du couscous noir et du coca-cola. Reprenant notre visite, nous marchons les uns derrière les autres et nous croisons des pyramides d'oranges et de beignets frits, des hommes drapés de voiles, des étalages de sandales en cuir, des riz-sauce et du thé à la menthe sur des petits feux de charbon de bois. Lorsque nous entrons dans le bivouac, la *ville mystérieuse* est contaminée par la léthargie d'une étendue ocre et rose. Dehors, seules des lampes à l'huile de karité, comme si la vie était à l'heure de prier. Le lendemain est précipité par un réveil à six heures, le Consul encourageant un voyage de vingt-quatre heures vers le nord, là où il n'y a plus de route, plus de ruelles.

L'enfant enveloppée dans un voile émeraude marche pieds nus dans l'inconcevable royaume de sable. Elle suit son père qui est notre guide, aussi les gros mammifères laineux sur lesquels voyagent les Blancs. C'est un très grand jour pour A. : se rendre à la ville, accueillir des étrangers, marcher près d'eux pendant plusieurs heures, entendre leurs voix, observer leurs vêtements, le reflet du soleil sur leur visage, les conduire chez elle. L'enfant ne peut pas imaginer d'où nous venons et le guide ne sait pas le lui expliquer, mais elle perçoit la distance fascinante entre elle et nous. Habituée à passer ses journées à surveiller et à discuter avec les chèvres à deux kilomètres de la tente, A. ne connaît rien des villes, et encore moins des écoles. Elle sait pourtant qu'elle va garder les troupeaux jusqu'au jour où elle sera donnée à un homme plus âgé. Alors et seulement alors elle quittera la tente, les chèvres, les parents et ira s'installer avec son époux pour fonder une famille. Comme toutes les autres petites filles du désert, elle est de passage dans son clan puisqu'à l'âge de treize ou quatorze ans, elle sera offerte à une autre famille.

Le Consul fume en parlant à sa bête. Derrière lui le soleil intense se déplace dans de petits tourbillons de sable. Les minutes et les heures se superposent au rythme lent du voyage qui continue dans les sillons rouges et beiges creusés entre les dunes et la vacuité; nous avançons. Le guide et sa fille ne parlent pas. Aucune langue commune à partager avec nous. Par contre, A. nous regarde souvent, l'un après l'autre. Je ne sais pas à quoi elle pense, j'aimerais savoir, lui parler, m'approcher d'elle. Quelquefois son père vient cravacher l'une des bêtes pour qu'elle rattrape le groupe. Nous apprenons enfin à l'aide de signes qu'il suffit de donner des coups de pieds sur leur cou pour les faire avancer. Je propose aussitôt une course aux sœurs et au Consul, et alors les bêtes sont poussées à courir, plus vite, encore plus vite, et il faut frapper de plus en plus fort pour maintenir la cadence. Derrière nous ricanent les yeux noirs du guide et de l'enfant. Puis les mammifères ralentissent, le silence reprend, et de nouveau les petits tourbillons de sable.

Plus loin nous apercevons des tissus bleu indigo tenus par des bouts de bois maigres, et aussi la mère de l'enfant qui nous attend avec les chèvres. Lorsque nous arrivons, l'homme dit quelques mots à son épouse qui en dit d'autres à sa fille, et puis l'instant suivant, le Consul est assis en face du guide sur une natte, et les sœurs et la mère sur une autre. L'enfant prépare le feu en frottant ensemble des petits bouts noirs et durs, et la mère apporte les marmites à chauffer. Pendant que bout la viande de chèvre et le riz parsemé de cailloux, sur les deux nattes distinctes s'observent et se sourient les hommes d'un côté, les femmes et les enfants de l'autre. Le Consul se retourne un moment pour nous avertir de nouveau qu'il faut utiliser la main droite, seulement la droite pour manger le riz et la viande. La main gauche sert à autre chose. Le repas étant servi, nous l'avalons, affamés. Soudain, la petite fille qui était assise près de sa mère se lève et vient s'installer à mes côtés. Ce sont mes longs cheveux lisses qui l'attirent, et alors elle n'hésite pas, elle se met à les peigner avec ses doigts, à les tresser, à les sentir et encore à les tresser. Cela dure infiniment. Je la laisse faire, occupée à scruter ses yeux noirs, ses nombreux bracelets aux chevilles et aux poignets, son petit corps émeraude. Vers quatre heures du matin, à l'heure où la brise se lève et agite la tente indigo, l'enfant est couchée contre mon ventre.

Au matin suivant, il faut remercier l'épouse et A., les quitter, reprendre le voyage vers le sud avec le guide, retrouver la *ville mystérieuse*, embarquer sur le ferry, redescendre vers la capitale. Les salutations terminées, le Consul, la mère et les sœurs montent sur les bêtes, tandis que je demeure sur le sable avec l'enfant dans les bras. Le guide dit une parole à A. qui se met aussitôt à pleurer, très fort. Le Consul me signale de grimper sur mon animal, mais je ne sais pas comment laisser l'enfant, je ne sais pas comment on éloigne de soi une enfant qui pleure. Alors j'écarte les bras de A., je la soulève en la tenant sous les aisselles et je la pose sur le sable. L'enfant court se réfugier sous les tissus bleus tenus par des bouts de bois maigres. Le guide cravache la première des bêtes et le troupeau se met en marche, alors que derrière nous l'enfant est réapparue, avec la bouche qui crie et bave encore. Le guide va chercher sa fille et la pose derrière moi. Les jambes et les bras de l'enfant m'étreignent et son visage mouillé se colle à mon dos. Pendant la traversée, je pense a l'enfant qui est contre moi, je ne pense qu'à elle, je voudrais l'emmener pour toujours, et plus nous avançons vers la *ville mystérieuse*, plus la douleur creuse et défonce. A. ignore que dans quelques heures je vais lui offrir un petit miroir rouge, qu'elle va se voir pour la première fois, qu'elle va me donner en échange un de ses bracelets d'étain, que l'instant suivant je vais disparaître avec le Consul, tandis qu'elle repartira seule avec son père pour rejoindre les chèvres, retrouver les années de solitude avec les chèvres et le petit miroir rouge.

Du bateau qui vient de quitter la digue, la ville est presque invisible. Elle se trouve cachée dans la fumée de dix-sept heures. En effet, dans les cours et dans les ruelles, les mères allument le feu pour préparer le repas. Le Consul remarque que le ferry est beaucoup plus chargé qu'à l'aller. Sur le pont inférieur, des enfants jouent aux cartes assis sur des caisses de Fanta-orange, des mères allaitent des petits de deux ans tout en pelant des pommes de terre, des hommes se bercent dans des hamacs enchevêtrés, des animaux caquètent, bêlent, chevrotent, des mobylettes et des sacs bleu blanc rouge s'entassent jusqu'au plafond. À l'étage, les Blancs fixent le fleuve. Et les femmes cherchent à être jolies.

... Quand on entre dans cette chambre d'écriture, on me demande chaque fois: «Alors, tu écris ta vie mainten-ant?» Non, je ne sais pas l'écrire. Avec mon sang troué par ton absence, je t'écris, papa. À défaut d'apprendre à compter les années qui me séparent du fleuve, j'essaie d'apprivoiser ta voix de papier.

Je n'ai pas écrit ce livre afin de t'y ranger pour tou-jours. Je l'ai écrit et je continue de l'écrire afin de laver les grosses taches de l'oubli qui s'installent un peu par-tout autour de moi. Je veux que tu restes. Je veux que les gens parlent de toi. Je veux que tu veilles sur moi.

Je ne sais pas comment tourner la dernière page. Il n'y a pas de dernière page; ta voix de papier continue pour toujours, et pourquoi, dis-moi, suis-je la seule à l'en-tendre? Tu n'es pas encore mort, tu sais. Il faut du temps avant de mourir. Il faudra plusieurs romans. Et peut-être même que tu ne pourras jamais glisser dans ce nom commun qu'ils te donnent, cette enveloppe froide qui sert à un nombre infini de gens.

Je te sens tout près. Tu viens d'entrer. Tu portes ton habit du vingt-cinquième. Ta main est sur ma tête. Oui, je sais, le fleuve est infini, les Blancs fixent le fleuve, et les femmes cherchent à être jolies. J'allais reprendre. Et puis non, pour ce soir seulement, je te demande de continuer pour moi...

C'était il y a longtemps. C'était à l'époque du blanc, de la richesse des Blancs, du pays handicapé par la sécheresse. C'était à l'époque de la vie. Nous sommes à bord du *Tombouctou*. Nous voguons sur le long ruban brillant du fleuve et il n'y a ni attente ni retour. Le port n'existe plus, plus aucun port n'existe sur le Niger. Je ne vais pas rentrer au pays quelques mois pour y prendre des vacances, ni aller me mettre au lit au deuxième étage rue des Capucines. Le samedi 4 avril n'est pas sur le calendrier, et d'ailleurs aucune forme de calendrier n'existe sur le ferry. Je fume les Marlboro avec mes filles, et la fumée se mêle à celle des cuisines sur les rives. Les hommes qui reviennent de Taoudéni nous doublent sur de longues pirogues chargées de sel. Celle qui va écrire un jour est assise à mes côtés et elle porte ses souliers préférés. Je me sens très bien, il n'y a pas à dire, j'ai des poumons d'enfant. J'ai aussi tout mon temps pour admirer mon épouse qui est heureuse.

Nous sommes sur *Le Tombouctou* qui a un seul port, une seule famille. Alors nous mangeons tous ensemble... mes filles sont là et je leur raconte des histoires incroyables. Nous parlons bambara. Celle qui va écrire un jour porte des souliers blancs et, entre ses jambes, une enfant enveloppée dans un voile émeraude... pour toujours ici sur le monde du fleuve... le parfum du thé vert très sucré... Scarabée et les enfants noirs dorment dans les couchettes et sous les draps; nous, nous ne dormons plus, nous vivons dans un temps qui n'a pas sommeil, et moi je fume des Marlboro, et le ciel est extraordinaire à bord du ferry. Je raconte des histoires à mes filles. Nous parlons tous bambara dans les hamacs, et Scarabée dort avec les enfants noirs dans les couchettes...

AGMV Marquis

MEMBRE DE SCABRINI MEDIA

Québec, Canada
2003